세미가의 빛나는 동행

세미가의
빛나는 동행

김세미가 지음

프롤로그

희망도 비전도 제시하지 못하는 이 정치를 바꿔보고 싶습니다.
국민을 보는 정치, 원칙과 상식의 정치,
국민과 시민을 위한 다른 정치를 하고 싶습니다.

정치가 달라지면
국민의 삶이 달라집니다.
정치인은 국민을 위로하는 자리이고,
국민이 행복한 삶을 위해 존재합니다.

원칙이 무엇일까요?

땀을 흘려 열심히 일한 국민이 노력한 만큼 잘 살아야 합니다.
그런데 땀이 눈물이 되는 현실을 자주 접합니다.

땀이 눈물이 되는 건 상식이 아닙니다.

땀의 가치를 인정받지 못하는 사회,
정치가 그 역할을 하지 못하고 있습니다.

저는 최소한 우리의 땀이 눈물이 되는 사회는 아니었으면
좋겠습니다.

그래서 원칙과 상식이 통하는 사회를 위한 정치를 해 보고
싶습니다.

기본이 지켜지는 세상,
작은 목소리도 크게 들릴 수 있는 세상을 위한
빛나는 동행을 꿈꿉니다.

|차례|

차례

차례

3부. 세미가의 JOB想

1부

공간, 시간, 사람

1장

~~~~~~~~~~~~~~~~

완도 - 섬마을 소녀

숨값으로 태어난 아이

어머니는 제주도에서 완도로 시집온 해녀였다. 아버지는 홀어머니 슬하의 외아들이었다. 당시 아버지는 문중 소유의 전답을 농사지어 먹고사는 가난한 집안이었다. 어머니는 그런 집으로 와서 살림을 일으킨 여장부였다. 봄부터 겨울까지 바다에서는 물질하고, 논밭에서는 농사짓고, 미역 공장에서 돈을 벌었다. 혼자서 몇 사람의 몫을 일을 해낼 정도로 생활력이 아주 강한 분이었다.

어머니는 해녀 중에서도 상군 해녀로, 숨이 깊고 길어 바다 깊이 들어갔다고 한다. 2남 2녀 4남매가 복중에 있을 때도 물질을 했다. 내가 태어나는 그날도 완도 바다에서 전복을 땄다. 진통이 오면 잠시 테왁(두름박)에 기대어 있다가 전복을 땄다고 했다. 전복을 얼마나 많이 땄는지 내 이름을 '전복'으로 지으려 했다는 우스갯소리도 들었다. '잘못했으면 국내 최초 바닷속 수중 분만 아이가 될 뻔했어요.' 지금은 웃을 수 있지만, 아찔한 이야기다.

어머니와 아버지

　어머니는 만삭의 몸일 때도, 영하의 추위에 바닷물이 다 얼어 가는 한겨울에도 전복을 따고, 해삼을 잡고, 성게를 잡았다. 성게를 잡아 오면 온 가족의 가내수공업이 이루어졌다. 할머니는 성게를 칼로 쪼개고, 나는 노란 성게알을 잘 분리해서 그릇에 놓고, 언니는 성게알을 바닷물에 깨끗이 씻어냈다. 그러면 어머니는 작은 나무상자에 성게를 곱게 놓고는 5개씩 한 묶음을 만들었다. 귀한 성게는 일본으로 수출됐다. 상처 난 전복은 큰돈을 받지 못한다. 어머니는 잡다가 상처가 난 전복들을 집으로 가져올 때가 있었다. 그것들을 회로도 먹고 죽으로 끓여 먹기도 했다.

1부 공간, 시간, 사람

어머니의 바닷속은 늘 풍년이었다. 전복과 해삼, 소라, 문어, 성게, 털게, 커다란 생선 등 먹거리가 한가득했다. 당연히 먹어왔던 그 모든 것이 어머니의 '숨값'이었다는 것은 나중에야 알았다.

요즘에는 상상할 수 없는 이야기지만 40여 년 전 어머니의 삶은 그러했다. 출산일에도 깊은 바다에서 숨 참으며 전복을 따고 해삼을 잡아야 했던 어머니의 숨값으로, 나는 책 사고 학교 다니고, 예쁜 구두와 옷을 입고, 맛있는 음식을 먹으며 성장했다. 깊은 바다가 준 선물, 어머니의 숨값이 나를 먹이고 키웠다.

육성회장 아버지

박범신 작가의 소설 《소금》은 아버지에 대한 이야기이다. 소금, 절대 없어서는 안 될 것인데 평소에는 소중함을 모르고 살기 쉽다. 아마도 아버지는 그런 면에서 소금과 닮았는지도 모른다.

그 작품에는 세상의 많은 아버지 이야기가 나온다. 염부로 자식 하나를 위해 평생을 바친 아버지, 아내와 자녀의 통장처럼 살아온 아버지, 아픔으로 남은 아버지, 아버지가 절대 되기 싫었던 아버지 등, 작품 속의 많은 아버지를 보며 내 아버지가 떠올랐다.

평생 아버지의 정을 느끼지 못한 우리 아버지. 아버지의 아버지인 할아버지는 아버지가 할머니 배 속에 있을 때, 돈을 벌기 위해 일본으로 떠났다. 그때 할머니 나이는 겨우 스무 살이었다. 아버지는 태어나서 한 번도 '아버지'라는 말을 못 해보고 자랐을 거라는 생각을 이제야 했다. 할머니는 홀로 아버지를 낳고 키웠다.

아버지 어릴 적에는 증조할아버지가 계셔서 그나마 나았다. 하지만 그분마저 돌아가시고 나서는 홀어머니 밑에서 많은 설움을 겪으며 자랐을 것이고, 더욱이 의지할 형제들도 없었으니 더욱 외로웠을 것이다. 울타리 없이 자란 아버지의 삶이 어떠했을까. 한 번도 생각해보지 못했다.

그래서인지 아버지는 자식 욕심도 많고, 자식에 대한 사랑도 유별났다. 우리 형제자매는 2남 2녀다. 아버지는 우리에게 큰소리도 내지 않았지만, 늘 엄했다. 가끔 개구쟁이 오빠들에게 할머니가 회초리를 들 때가 있었다. 한번은 아버지가 할머니께 왜 손자들을 때리시느냐며 화를 낸 적이 있었다. 학교에서 선생님에게 회초리 맞는 것도 속상해하였다. 심지어는 오빠들에게 맞고 올 거면 무조건 때리고 오라고 했다. 아버지가 모든 것을 책임지겠다고 하면서.

아버지는 특히 막내딸인 내게 하염없이 관대했고 많은 사랑을 주었다. 그 때문인지 내가 초등학교 다닐 때 내내 육성회장을 맡았다. 아버지는 가끔 자전거를 타고 학교에 와서 교장선생님을 만났다. 그 당시는 아버지가 학교에 오는 게 싫었지만, 지금 생각해보면 그것이 아버지의 사랑이었다.

아버지는 초등학교 2학년 1학기 때까지 거의 매일 자전거로 나를 등하교 시켰다. 작고 약한 내가 가방을 메고 30분 정도 학교까지 걸어가는 모습이 안타까웠던 것 같다. 처음에는 아버지

자전거를 타고 등하교 하는 게 당연한 줄 알았다. 초등학교 2학년 동네 한 친구가 "너는 가방을 못 들어? 왜 맨날 아버지가 데리러 와?"라고 물었다. 그 순간 창피하다는 생각이 들었다. 그날 집에 가서 "아빠 이제 가방을 혼자서 들고 학교 다닐 수 있어요"라고 말했다. 그 후에는 혼자서 학교에 다녔다.

시험 전날도 늦게까지 공부하지 못하게 했다. '건강이 중요하니 일찍 자라'고 했다. 비가 많이 오는 날이면, 늘 학교 앞에서 아버지가 기다리고 있었다. 비나 눈이 많이 오면 위험하니 학교에 가지 말라고 했고, 등교한다고 고집을 부리면 콜택시까지 불렀다. 내 생일 때면 완도읍에 나가 케이크와 과일을 듬뿍 사 왔다. 가끔은 내 친구들을 불러서 생일 파티를 해주기도 했다. 누가 어떤 이야기를 하든 아버지는 언제나 내 편이었다.

아버지는 나를 무릎 위에 앉혀서 텔레비전을 보았고, 가장 맛있는 음식도 늘 내게 먼저 먹였다. 가정방문 오는 날은 교장선생님과 모든 선생님을 모셔 식사를 대접했다. 소풍 때는 선생님 도시락을 준비했으며, 따라오기까지 했다.

자식들이 커서 모두 광주와 서울로 공부하러 또는 직장을 찾아 떠났다. 이따금 우리가 고향 집에 오는 날이면 아버지는 읍내 장에 나가 손수 장을 봐 오곤 했다. 냉장고에 먹을 것을 꽉꽉 채워놓곤 어머니는 못 먹게 했다고 한다. 우리를 먹여야 한다고 말이다. 하지만 우리 앞에서는 전혀 이런 내색을 안 했다.

아버지는 내가 초등학교 2학년 될 때까지 자전거로 통학
시켜 주셨다.

생각하면 아버지는 울타리가 되고 싶었던 것 같다. 황량한 벌
판에 홀로 선 나무처럼 혼자서 비바람을 맞았던 설움 때문은 아
니었을까? 당신 자식들에게는 당신이 받지 못한 아버지의 사랑
을 원 없이 주고 싶었던 것 같다. 아버지가 그리 갖고 싶어 했던
울타리가 되고 싶었던 아버지 나름의 사랑하는 방식이었다.

세상의 아버지들은 아낌없이 주는 나무와 같다. 열매부터 밑
둥까지 내주는 나무처럼, 자식들에게 마지막 수액까지 다 빼서
준다. 그게 바로 아버지다. 그러나 그러한 아버지들이 설 자리가
사라져가고 있다.

아버지도 그랬다. 아주 크게만 느껴지던 아버지는 자녀들이
크면서 점점 작아졌다. 아버지의 자리보다는 어머니의 자리가 커
졌다. 가장의 권위는 사라져갔다. 딸, 아들, 사위, 며느리에 둘러

싸인 어머니는 늘 기세등등했다. 하지만 홀로 신문을 보거나 옆집 아저씨와 바둑이나 장기를 두는 아버지는 외로워 보였다. 문득 당신의 어깨가 아주 작아진 듯한 느낌이었다. 아버지가 준 사랑에 비해, 나는 아버지에게 아무 사랑도 전하지 못했는데, 아버지는 떠나고 없다. 두 번 다시 볼 수 없는 그곳으로 떠났다.

《소금》을 읽으면서, 아버지 그리고 아버지의 아버지에 대해서 다시 생각해본다. 이 시대의 아버지, 그립고 그리운 그 모습을 그려본다.

아름다운 섬, 신지도

해상왕 장보고의 청해진이 있던 곳. 완도(莞島)의 완(莞)은 '빙그레 웃는다'는 의미다. 완도군은 가장 큰 섬 완도를 중심으로 신지도, 고금도 등 여러 섬으로 구성되어 있다.

완도는 김, 미역, 톳, 전복, 광어 등 다양한 해산물이 많은 '건강의 섬'으로 불리기도 한다. 내 고향은 신지도인데, 이제는 다리가 놓여 자동차로도 얼마든지 갈 수 있는 섬 아닌 섬이 되었다.

신지도는 종두법을 도입한 지석영, 한국적인 서체의 모태라고 하는 '동국진체'와 서예의 체계적인 이론서인 《서결》을 완성한 이광사의 유배지이기도 하다. 처음의 유배지는 완도였으나, 현지인에게 글과 글씨를 가르치며 무리를 선동했다는 어이없는 죄목으로 신지도로 옮겨졌고, 이 섬에서 73세의 일생을 마쳤다. 이런 인연으로 신지도 대평리에는 이광사 거리가 조성되어 있다.

신지도에는 모래가 가늘고 물이 맑기로 유명한 명사십리 해

수욕장이 있다. 울음소리가 십 리를 간다는 고운 모래가 있는 곳이다.

　내가 태어난 곳은 '가인리'라는 바닷가 마을이다. 명사십리에서 독고재 고개를 넘어 신지동초등학교와 신지동중학교를 지나면 월부리 마을이 나온다. 그리고 그곳을 지나면 가인리 마을이 나오는데, 만처럼 바닷물이 들어오는 곳이다.

　집 앞에는 왜가리가 집단 서식하는 산이 있었고, 집 뒤에는 우리 산이 있었고 산에는 고구마와 보리 농사를 지을 수 있는 밭이 있었다. 집 앞에는 큰 논이 있었다.

　우리 집에는 큰 감나무가 있어서, 감나무집으로 사람들이 기억했다. 곧 이야기하겠지만 내 인생에서 가족을 제외하면 가장 중요한 인물은 고 노무현 대통령이다. 그분의 고향은 김해시 진영읍의 봉하마을이다. 그 짧았던 봉하의 봄 시절, 노 대통령님을 찾아뵈었다. 가는 길에 감나무가 많이 심겨 있어 반가웠는데, 알고 보니 감은 진영의 특산품이었다. 유년 시절 신지도에서는 여름이면 바닷가에서 수영하고, 봄가을에는 산과 들을 뛰어다니며 놀았다.

꼬꼬마 시절

막내여서인지 특히 가족의 사랑과 보살핌을 많이 받았다. 조용하고 떼 쓰거나 말썽을 부리지도 않은 성격도 한몫했을 것이다. 그런데 어렸을 때는 홀로 집을 보는 경우가 많았다.

다섯 살이 되고, 세 살 많은 언니마저 초등학생이 되자, 나는 늘 혼자 집에 남게 되었다. 할머니와 엄마는 일하러 나가고, 아버지도 출타하면 다섯 살 꼬꼬마는 홀로 집에 남았다. 나는 집 대문 옆 작은 시멘트 돌의자에 앉아 울고 있었다. 그러면 지나가던 동네 아주머니들이 왜 놀러 가지 않고 집에도 안 들어가고 있냐고 물었다.

그러면 '홀로 집에 남으면 집에 도깨비가 나올 것 같아 무섭고, 바닷가에 놀러 나가자니 도둑들이 와서 집을 몽땅 훔쳐 갈 것 같아 집에 있을 수도 나갈 수도 없어서 이렇게 대문 옆에 있다'고 대답했다. 동네 사람들은 '참 용한 아이'라고 했다.

완도 바닷가에서 엄마와 언니 오빠

완도 바닷가에서 이모와 언니, 사촌

1부 공간, 시간, 사람

그렇게 한참을 앉아 있다가 보면 아버지가 돌아왔다. 집 앞에서 집을 지키고 있을 막내딸이 귀여웠는지 언제나 과자를 사다 주고 용돈도 주었다. 나는 그 용돈을 할머니에게 맡겨 다 저금했다. 아버지는 용돈을 줘도 쓰지 않고 늘 저금하는 나를 기특해했다. 초등학교 입학해서 졸업할 때까지 가장 저금을 많이 한 학생이 되었다.

어머니가 일을 마치고 오면 급하게 일곱 식구 저녁을 준비했다. 온 가족이 저녁을 먹고 나면 어머니는 설거지를 했다. 그러면 나는 이야기하면서 어머니 곁을 지켰다.

그때부터 애어른 같은 아이였다. 초등학교 시절 선생님이 통지표에 '아동이 되도록 노력해야겠음'이라고 쓰실 정도로 철이 일찍 든 막내 같지 않은 막내였다.

저녁에는 온 가족이 둘러앉아서 티브이를 함께 보았다. 늘 아버지는 나를 무릎 위에 앉히고 텔레비전을 봤다. 텔레비전 음식광고를 보면서 '맛있겠다'라고 혼잣말을 하면 아버지는 '우리 막내 출출한가 보다'라면서 오빠들에게 라면이나 계란을 사 오게 했다. 야식으로 계란을 삶거나 라면을 끓여 먹었다. 온 가족이 함께한 행복한 시간이었다.

할머니의 신경통

말수가 없고 무뚝뚝하며 무표정한 할머니는 따뜻한 말을 하는 분이 아니었지만, 우리 남매들은 다 좋아했다. 열일곱 살에 시집와서 스무 살에 낳은 아버지를 홀로 키우고, 시부모님을 평생 봉양하면서 정직하고 성실하게 살아온 분이다.

할아버지는 1942년 일본으로 떠났고, 아버지가 장성해 막내인 나를 낳을 때까지도 생사 여부도 알 수 없었다. 홀로 집안을 지키며 살아온 할머니의 삶은 표현할 수 없을 정도로 고난한 삶이었을 것이다.

어머니는 늘 할머니가 맛있는 음식을 먼저 드시고 나야 우리가 먹을 수 있다고 했다. 그리고 할머니에게 잘해야 한다고 늘 당부했다. 우리 4남매는 할머니 방에서 함께 자곤 했다.

슬픈 가족의 역사. 내가 태어나기도 전 사진이다. '조부님 보고 싶어요'라는 문구가 마음이 아프다.

할머니는 심한 신경통을 앓았다. 젊었을 때, 홀로 아버지를 키우고, 마을 어른이던 증조할아버지가 치매가 앓으며 약해지자 동네 아저씨 하나가 집에 와서 패악질을 했다고 한다. 할머니에게 '보리쌀 서 말을 훔쳐 갔다'며 '내놓으라'고 소리를 고래고래 쳤다. 워낙 고약한 사람이라 동네 사람 누구도 도와주지 못했다.

할머니는 일곱 살 아버지의 손목을 끌고 그 사람 앞에 섰다. "여보시오, 내가 이 어린 것 하나 믿고 이렇게 살고 있는디, 왜 나한테 이렇게 억지를 쓰시오?" 한마디 하자, 그가 눈을 희번덕거리며 어디 '여편네가 대꾸를 하냐'라며 옆에 있던 곡괭이 자루로 할머니 허리를 쳤다고 한다. 할머니는 그 자리에서 픽 쓰러졌고, 그후로 허리병과 다리 신경통을 달고 살았다고 한다. 할머니는 주무

시면서 자주 '아이고 다리야, 아이고 다리야'라고 중얼거렸다.

　다섯 살 무렵부터 나는 새벽에 일어나서 할머니 다리를 주물렀다. 한참 다리를 주무르다가 힘들면 옆에 자고 있는 언니 오빠를 깨워서 함께 주무르자고도 했다. 할머니의 신음소리를 들을 때마다 새벽에 일어나서 할머니 다리를 주물렀던 기억이 난다.

　밖에 나가서 누구 자랑도 하지 않고 웃지도 않던 할머니는 막내 손녀가 다리를 주물러준다는 이야기를 했다. 동네 사람들은 그런 할머니가 하는 말에 모두 놀랐다. 저 노인도 손녀 자랑을 하는구나, 하고. 그 후 나는 할머니를 잘 모시는 착한 아이가 되었다. 우리 마을 사람이나, 학교 옆 할머니 친정 동네 사람을 만나면 '착한 막내 손녀구나'라는 덕담을 들었다. 사람들의 칭찬은 늘 할머니 다리를 주무르는 착한 손녀, 착한 아이로 살아야 한다는 마음가짐을 더 굳게 해줬다.

든든한 언니 오빠들

초등학교 입학할 때 나는 몸집이 매우 작았다. '가방을 들 수 있겠는지…. 학교에 입학을 할 수 있겠는지…'라는 말을 들을 정도였다. 학교에서는 맨 앞자리에 앉았다.

1학년 때, 맨 뒷자리에 앉은 남자아이가 쉬는 시간마다 와서 말을 걸었다. 따지고 보면 별것도 아닌데 그게 싫어서 하루는 엉엉 울기 시작했다. 그러자 같은 반에 있던 친구(동시에 친척이기도 했다)들이 각 학년의 친척 언니 오빠들에게 말했다. 4학년 친언니와 6학년 친오빠, 사촌까지 총 5명이 몰려왔다.

나를 울린 친구는 놀라서 운동장으로 도망갔고 언니 오빠들이 그 아이를 잡으러 다녔다. 성격 급한 언니는 무조건 그 아이를 혼내려 했고, 그래도 6학년인 둘째 오빠는 왜 동생이 울게 되었는지 설명하라고 했다. 그 아이는 그냥 쉬는 시간마다 뭐 하는지 궁금해서 말을 걸었을 뿐이라고 했다. 그렇게 그 사건은 지나갔지만, 반 아이들은 모두 놀랐다. 도대체 세미가가 누구길래, 울었다고 언니 오빠 5명이 몰려오는지 궁금해했다.

  그 후로 그 남자아이를 비롯한 모든 친구는 내가 싫어하는 일을 하지 않았다. 언니 오빠 그리고 친척들은 울타리처럼 나를 보호해주었다. 그 덕분에 나는 아무도 함부로 할 수 없는 특별한 아이가 되고 말았다.

아버지와 생일 케이크

아버지는 유독 막내인 나에게만 생일 선물을 준비해주었다. 내가 기억하는 첫 선물은 여섯 살쯤 받은 하트목걸이였다. 일곱 살 생일에는 우리 4남매가 모여 과자와 음료를 놓고 파티했던 기억이 있다.

초등학교 입학 후 모든 생일에는 80년대식 버터크림 케이크가 함께했다. 거기에는 분홍색 꽃과 초록색 잎으로 장식되어 있었다. 케이크를 사러 아버지는 버스를 타고 동해호 철선을 타고 완도읍으로 나갔다. 케이크와 포도, 복숭아 등 과일을 한가득 사서 막내딸 생일파티를 열어주었다.

파티에는 친구 10여 명이 모였다. 아버지는 가끔 집이 먼 친구에게 집에서 자고 가라며, 친구 집에 전화를 해주었다. 어머니는 자고 가는 친구에게 도시락까지 싸주기도 했다. 나는 섬의 시골 마을에서 처음으로 생일 케이크로 파티하는 아이였다.

완도에 살던 중학교 3학년 때까지 아버지는 케이크를 사다가 친구들 불러서 파티하도록 했다. 중학생이 된 후로는 파티하는 게 조금 쑥스럽고 부끄러웠다. 하지만 매번 아버지가 배를 타고 사 온 케이크 때문이라도 파티를 하지 않고 넘어갈 수가 없었다.

매년 내 생일이 되면 출산일까지 바닷속에서 전복을 땄던 고마운 어머니가 생각난다. 그리고 화려한 케이크를 보면, 분홍 꽃이 장식된 버터크림 케이크도 떠오른다. 아버지가 차 타고 배 타고 사다 준 정성과 애정이….

소풍날의 김밥 당번

　초등학교 입학식을 마치고 교실에 들어서자, 맨 뒷자리에 키가 훌쩍 큰 언니 한 명이 앉아 있었다. 신입생들보다 나이가 세 살이나 많지만, 지적장애를 가지고 있기에 1학년에 있어야 하는 언니였다. 그 언니는 가방을 등에 멘 채로 하루 종일 앉아 있었지만, 수업에는 참여하지 않았다. 한 달 정도 지나자 선생님이 학교에 나오지 말라고 했던 것 같다.

　내가 2학년이 됐을 때, 그 언니가 다시 1학년으로 입학했다. 이제는 내가 학년이 높았다. 나는 나이 많은 그 언니를 '언니'라 불렀고, 그 언니는 학년 높은 나를 '언니'라고 불렀다. 요즘 말로 웃픈 상황이었다.

　4학년 봄 소풍이었다. 그 당시에 김밥은 지금처럼 언제나 먹을 수 있는 음식이 아니었다. 소풍날이나 운동회 때만 먹을 수 있는 특식이었다. 완도가 유명한 김 산지였는데도 말이다. 소풍 때는 아무리 바쁜 어머니도 재료를 사다가 김밥 도시락을 싸주었다.

장애가 있는 그 언니는 그때 3학년에 다니고 있었다. 언니네는 3남매였다. 맛있는 김밥과 과일과 과자를 먹고 싶은 친구들은 점심시간이 오기만을 기다렸다. 드디어 점심시간이 돼 친구들과 맛있게 김밥을 먹는데, 그 언니네 3남매는 따로 밥을 먹었다. 놋쇠 도시락에 밥과 김치만 있는 도시락을 보자 마음이 안 좋았다. 알고 보니 언니네 부모님도 지적장애인이었다.

가을 소풍 때는 김밥을 싸 오지 못하는 친구들을 챙겨야 하니 김밥 도시락을 4개 싸달라고 어머니에게 부탁했다. 엄마는 흔쾌히 수락해주었다.

소풍날 그 언니네 3남매에게 김밥을 내밀었다. 너무나 밝게 웃는 언니의 얼굴이 아직도 생생하다. 3남매는 김밥을 정말 맛있게 먹었다. 그 후로도 소풍 때마다 김밥을 싸다 주었고, 가끔은 간식도 사 주곤 했다. 이렇게 언니와 나는 절친이 되었다.

중학생이 되니 주위에 김밥을 챙겨야 할 사람이 점점 늘었다. 언니네 3남매는 물론 김밥을 싸 오지 못하는 친구나 후배를 챙겨야 했기 때문이다. 그래서 소풍 가는 날이면 일고여덟 개의 김밥 도시락을 싸 갔다. 새벽이면 어머니는 김밥 재료를 준비했고, 나는 그 곁에서 말동무하며 김밥 꽁다리를 먹곤 했다. 어머니는 늘 원하는 수량만큼 김밥을 싸주었고, 나는 김밥을 싸 오지 못하는 친구들의 김밥 담당이 되었다.

그때는 급식은 꿈도 못 꾸는 시절이었다. 도시락을 못 싸면 굶어야 했다. 수돗가에서 물로 배를 채우는 또래보다 키도 작고 마른 남자 후배가 있었다. 그는 할머니와 살았다. 비쩍 마르고 배만 나온 후배에게 몇 번 빵을 사 주거나 간식 사 먹으라고 동전을 주기도 했다.

어느 날 후배가 네모난 갈색 엿을 가져다주었다. 엿은 그에게는 정말 드물게 구할 수 있는 간식이었을 것이다. 그럼에도 그것을 일부러 나에게 준 것은 고마움의 표시였을 것이다. 그 엿은 다른 친구들과 맛있게 나눠 먹었다.

언니랑은 중학생이 된 후로도 친하게 지냈다. 점심시간에 도서관에서 책을 보거나 쉬고 있으면 언니는 자주 나를 찾아왔다. 하루는 언니가 숨을 헉헉거리며 뛰어와 내 앞에 섰다. 내민 언니의 손에는 땀에 촉촉이 젖은 에이스 세 개가 있었다. 누군가가 언니에게 준 과자를 내게 주려고 뛰어왔던 것이다. 그때는 어려서 그랬는지 땀에 젖은 에이스를 차마 먹을 수 없었다. '언니 저는 배불러요. 언니 먹어요'라고 말하자, 그 축축한 에이스를 너무나 맛있게 먹는 것이었다. 시간이 많이 지난 지금 생각하면 후회가 된다. 그 당시 내가 땀에 젖은 에이스를 함께 먹었으면 언니가 얼마나 기뻐했을까?

어릴 적 추억 속의 언니와 남매들, 수돗물로 배를 채웠던 후배. 지금 생각하면 장애 가족이거나 조손 가족이다. 누군가의 따뜻한 손길이 닿지 않는 곳에 사는 우리 사회의 단면이었다. 나는 그런 데 작은 관심을 보였고 별것은 아니었지만 행동했다. 그리고 늘 더 크고 고마운 감동을 선물받았다.

초등학교 소풍 모습. 아버지와 언니 그리고
사촌들

아버지와 김대중 대통령

1987년 12월에 내가 기억하는 첫 대통령 선거가 열렸다. 기호 1번 노태우, 2번 김영삼, 3번 김대중, 4번 김종필의 후보 기호는 아직도 선명하게 기억할 정도다. 내 인생에 영향을 미친 첫 정치적 사건이기도 했다. 신안에서 태어나 목포에서 성장한 김대중. 김대중 선생님은 내 고향 완도에서 모두가 존경하는 인물이자 희망의 대상이었다.

할머니랑 우리들이 자는 방에 텔레비전 한 대가 있었다. 대통령 선거 개표하는 날, 아버지는 밤새 개표 방송을 보았다. 아버지는 결과가 좋게 나오지 않자, 밤새 줄담배를 피우며 속상해했다. 새벽녘 잠에서 깬 나는 아버지가 수건으로 눈물을 닦는 모습을 보았다. 아마 분노와 억울함의 눈물이었을 것이다.

갓 열 살이었던 나는 분명히 그 선거는 조작되었다고 생각했다. 그 당시 내 세상의 전부였던, 신지면과 완도군의 많은 사람이다 김대중 선생님을 찍었는데 어떻게 1등도 아니고 2등도 아니고 3등을 할 수 있는지 도저히 이해가 가지 않았다.

그해 겨울방학, 제주도 외갓집에 갔다가 큰 충격을 받았다. 사촌들이 베개 싸움을 하면서 '너는 나쁜 사람이니까 빨갱이 김대중이야!'라고 소리쳤기 때문이었다. 머리가 하얘졌다. 아빠의 김대중 선생님이 빨갱이고 나쁜 사람이라니. 그리고 당시 김대중 선생님을 1등으로 찍었던 곳은 전남, 전북, 광주, 서울뿐이었다는 것과 호남지역의 인구가 많지 않았다는 것도 알게 되었다. 서울에서 1등과 2등의 표 차도 얼마 나지 않았다.

1992년, 김대중 선생님이 또 대통령에 낙선했다. 아버지도 밤새 개표 방송을 보며 눈물을 흘렸다. 아버지는 부산 사는 친척 결혼식에 참석하지 않았다. 만사를 제치고 모든 친척의 대소사를 챙기는 아버지의 모습을 보던 나는 의아할 뿐이었다.

그 당시, 아버지가 오빠들에게 김대중 선생님이 대통령이 되어야 하는 이유를 설명했다. "김대중 선생님이 대통령이 되어야 너희들은 밖에 나가도 전라도 놈이라고 손가락질 안 받으며 살 수 있다."

그랬다. 전라도 사람의 한, 전라도 빨갱이, 전셋집도 구하기 힘들고 취업도 힘든 전라도 사람이라는 낙인을 자기 세대처럼 겪지 않게 하고자 하는 아버지의 자녀에 대한 사랑이 김대중 선생님에 대한 거의 맹목적인 지지로 이어졌던 것이다.

김대중 선생님은 결국 1997년 대통령에 당선되었다. 아버지는 정말 기뻐했다. 호남인 모두 환호했고 나도 그중 하나였다. 김대중 대통령의 당선은 호남인의 한을 풀고, 평화적인 정권교체를 이루었다는 것 그 자체만으로도 대단했다. 하지만 5년 동안의 업적은 21세기 한국을 만든 기초가 되었다고 생각한다. 경제위기 조기 탈출은 물론 강력한 IT산업 육성, 문화육성, 의료보험 통폐합, 의약분업, 보편적 복지제도 확립 등이 그러하다. 김대중 대통령은 민주화 투사이기도 하지만, 경세가로서 더 높은 평가를 받아야 한다고 생각한다.

김대중 대통령 사진 앞에서

이은민 선생님

초등학교 입학 후, 나는 정말 조용한 아이였다. 내 목소리를 들을 수 있는 사람은 옆자리 짝꿍과 앞뒤 자리 친구들 정도였다. 숫기가 없었던 나는 말도 잘하지 못하고 발표할 때도 목소리가 모깃소리처럼 작았다. 3학년 때까지는 그림자 같은 학생이었다.

4학년 담임은 이은민 선생님이었다. 그분은 언니 6학년 때 담임이기도 했다. 선생님은 그전부터 나를 알고 있었기에 유난히도 예뻐했던 거 같다. 선생님은 내게 여러 분야에 참여할 기회를 주었다. 그래서 1학기 때는 반장을, 2학기 때는 학급회장을 했다.

참관 수업 때는 선생님은 늘 1번으로 내게 질문과 발표를 시켰다. 당시 경로효친 발표와 경시대회 등 사람들 앞에 서는 많은 기회를 얻었다. 그때를 계기로 나는 늘 조용하지만 학급을 주도하는 아이가 되었고, 초등학교 학생회장까지 맡기에 이르렀다.

경로효친 사례 발표. 왼쪽에 계신 분은 교장선생님이다.

  졸업식 때는 졸업생 대표로 답사를 했다. 그때 교장선생님의
퇴임과 맞물려 더 각별한 의식이 되었다. 답사를 위해 마이크를
잡고, 정들었던 친구들과 존경하는 교장선생님을 생각하며 '답
사'를 언급하는 순간 눈물이 쏟아지기 시작했다. 답사를 읽어가
는 내내 얼마나 울었는지, 내 목소리가 또렷하게 들렸던 것은 '답
사'와 '학생대표'밖에 없었다. 그래서 그 당시 보기 힘든 눈물의
졸업식이 되고 말았다. 교장선생님, 선생님들뿐 아니라 학부모,
학생들까지 모두 눈물을 흘렸다.
  졸업식이 끝난 후 친구 아버지는 얼마나 울었는지 모른다고
말씀하셨다. 졸업 사진을 보면, 얼마나 울었는지 눈이 퉁퉁 부었
다. 말이 없던 초등학생에서 반장과 학생회장을 맡은 나름 파란
만장했던 초등학교 시절이 이 눈물의 답사로 끝이 났다.

초등학교 3학년 때까지의 행동이 이어졌다면, 아마도 지금도 나는 말 없는 사람으로 남았을 것이다. 한 분의 선생님이 한 사람의 운명을 바꾸기도 한다. 교육이 중요하고, 교사의 역할이 중요하다고 생각하는 이유다.

육지에서 온 소녀

외가는 제주도에 있는데, 성산일출봉에서 10분 거리다. 외가 하면, 늘 할머니와 할아버지가 좋아하던 삼양라면 한 박스와 계란 한 판 그리고 사탕을 사 갔던 기억이 난다. 어머니는 늘 외할 아버지와 외할머니가 좋아하는 라면과 계란을 사 가야 한다고 가르쳤다. 먼 육지로 시집간 딸과 손녀를 반갑게 맞아주던 모습이 기억난다.

어릴 적 외가에 가면 가장 큰 문제가 제주도 똥돼지였다. 화장실 밑에 돼지가 쳐다보고 있어서 너무나 무서웠다. 내가 도저히 화장실을 갈 수가 없다고 하자 외할아버지는 천막을 치고 땅을 파고 임시 화장실을 만들어주었다. 아마도 오랜만에 온 손녀를 위한 배려였을 것이다.

또 외갓집 뒤의 큰 나무에 그네를 매달아주었다. 외할아버지의 인자한 미소가 어렴풋이 기억난다. 외할머니는 메밀묵을 자주 만들곤 하였다. 손녀딸에게 먹어보라고 권했는데 진회색에다가 찌그러진 양은 냄비에 담긴 메밀묵은 맛있어 보이지 않아 선뜻 먹을 수가 없었다. 가끔은, 그때 외할머니의 메밀묵을 맛있게 먹었더라면 더 좋아하셨을텐데, 라고 생각하곤 한다.

외할머니와 대화는 외국인과 대화처럼 어려웠다.

"멘드롱 할 때 혼저 먹으라(따뜻할 때 빨리 먹어라)."

"너네 집 도새기 이사?(너희 집 돼지 있니?)"

"새우리 먹어 봐사?(부추 먹어봤니?)"

외가에서 엄마는 육지로 시집간 딸이었다. 당연히 나는 육지에서 온 손녀딸이 되었다. 사촌 오빠와 사촌 동생이 남자라서 동네 남자아이들과 숨박꼭질도 하고 자주 놀았던 기억이 난다.

아이들은 나를 '육지에서 온 소녀', '긴 머리 소녀'라고 불렀다. 그때는 완도는 섬인데 왜 육지에서 온 소녀라고 할까 궁금했다. 나중에야 제주 사람들은 제주도를 제외한 모든 곳을 다 육지라고 부른다는 사실을 알았다. 어쨌든 나는 한참 동안 육지에서 온 긴 머리 소녀로 통했다.

또 하나의 추억이 있다. 제주도에는 유난히도 지네가 많았다. 큰 지네를 잡아가지고 마을 구멍가게에 가면 구멍가게 할머니가 과자로 바꿔주었다. 사촌 언니는 지네를 잡아서 나에게 과자를 바꿔다 주곤 했다. 여름이면 제주 앞바다에 가서 숟가락으로 바지락을 캤던 기억도 난다. 완도는 호미로 바지락을 캐야 하는데,

제주도 성산포 시흥리 앞바다는 모래여서 숟가락으로 바지락을 캔다는 것이 참 신기하기만 했다. 검은 흙의 밭에서 자라는 당근, 말이 뛰어다니는 풍경, 새까만 까마귀가 많이 나는 제주도는 늘 가도 새로운 곳이다.

이제는 외할아버지, 외할머니의 얼굴도 아련해졌지만, 제주도 는 아직도 추억 속에 살아 있다.

초등학교 6학년 만장굴에서 언니들과

〈목련이 진들〉, 5·18이 알고 싶어요

초등학교 4학년, 이은민 선생님 책상 위에 1980년 5월 광주의 처참한 사진집이 놓여 있었다. 당연히 그때는 그 사진의 의미를 몰랐다. 너무나 잔인하고 무서운 사진이라고 생각했을 뿐이다. 며칠을 가위눌림과 악몽에 시달렸다. 아직도 모습을 알아보기 힘들게 훼손된 희생자의 얼굴이 떠오른다.

중학교 2학년, 5월. 국어 선생님이 시 한 편을 소개해주었다. 〈목련이 진들〉이라는 시였다. "목련이 지는 것을 슬퍼하지 말자. 피었다 지는 것이 어디 목련뿐이랴." 이렇게 시작되는 시였다. 우리의 오월은 여전히 애처로운 눈빛을 하는데, 목련이 지는 것이 무에 그리 슬프냐는 그 시 한 구절 구절이 가슴에 꽂혔다. 그 시를 쓴 시인은 중학생이라고 했다. 중학생이 그런 시를 썼다니 많이 놀랐다. 일요일 완도읍에 나가 서점에서 《바람찬 날에 꽃이여

꽃이여》라는 시집을 샀다. 시집을 읽으면서 몇 번의 눈물을 흘렸는지 모르겠다. 1980년 오월의 광주는 희고 스러지듯 떨어져나가는 목련 같은 슬픈 가족의 이야기였다.

대성여고 시절, 5월 18일이 되면 항상 우리는 '5·18이 알고 싶어요'라고 말했다. 그러면 아무리 무서운 선생님도 영어나 수학 쪽지 시험을 보지 않고 그해 오월 이야기를 해주었다. 솔직히 말하면 그 당시에는 쪽지 시험을 보고 싶지 않았던 마음이 더 컸는지도 모르겠다. 그래도 선생님들의 5·18 이야기를 들으며 기억에 남는 장면이 있었다. 두려움의 대상인 군인들의 술 마신 듯 눈이 풀린 모습과 총소리 그리고 시민들의 질서정연함과 주먹밥 정신이었다. 이렇게 5월 광주는 내 마음속에 자리 잡기 시작했다.

반공 글짓기

어린 시절 해마다 6월이면 반공 글짓기를 하곤 했는데, 그때마다 상을 받았다. 그런데 초등학교 고학년이 되고 중학생이 되면서 조금씩 이런 의문이 생겼다. 우리는 같은 형제고 같은 핏줄인데 왜 우리네 오빠들이 총을 서로 겨누고 싸워야 하는지….

마을에는 1977년에 지은 큰 창고가 있었다. 창고 벽에는 커다란 글씨로 "김일성을 찢어 죽이자"라는 붉은 페인트 글씨가 적혀 있었다. 볼 때마다 섬뜩하다고 생각했다.

중학생이 된 이후, 반공 글짓기에 더는 북한을 미워하고 욕하는 글을 쓰지 않았다. 중학교 1학년 때 쓴 유월 반공 글짓기 내용은 한 발씩 양보해가며 서로를 이해해 가자는 것으로 바뀌었다. 외가 사촌오빠들 덕분이었다. 두 오빠는 이른바 운동권 학생이었다. 어린 나를 무릎에 앉혀놓고 민중가요를 가르쳐주었다.

친언니는 그때 광주에서 참교육 선봉대 활동을 했다. 자연스럽게 평화와 통일에 대해서 다시 생각하게 되었다.

그 당시, 도덕 선생님은 대학을 갓 졸업한 선생님으로 친하게 지내며 상담을 많이 했다. 가끔 이러한 생각을 이야기하면, "다른 친구들과는 이런 대화를 하지 말고, 선생님이랑만 대화하자. 다른 친구들은 이런 대화를 이해할 수 없을 거야. 그러면 친구들이 이상하게 볼 수도 있으니, 선생님한테 와서 이야기해라" 이런 식으로 선생님과 많은 이야기를 나눴다.

그런 영향 때문인지 반공 글짓기에서도 평화와 협력을 이야기했다. 도덕 선생님은 내 글의 내용을 보면서 교육청에서 상을 탈 수 없을 거라고 말했다. 그리고 정말로 그 후로는 반공 글짓기에서 상을 타지 못했다.

고등학교 때 김일성 주석의 사망 뉴스를 듣고 만세를 부르는 친구들이 있었다. 아직도 어릴 적 반공 글쓰기 시절의 마음으로 북한을 바라보는 많은 친구가 있는데, 가슴이 아팠다. 삶, 사람, 사상…, 여러 고민을 하게 만든 사건이었다.

보리베기와 학생 인권

중학생이 된 후, 농번기철에는 보리베기 활동을 했다. 전교생이 3일 동안 수업을 받지 않고 보리베기를 나갔다. 보리베기하던 첫날, 아버지가 참 속상해했다. 집에서 한 번도 해보지 않은 일을 학교에서 한다고 하니, 하지 말라고 할 수도 없는 노릇이었다. 아버지는 일을 조금이라도 수월하게 하라며 낫을 갈아주었다. 커다란 밭에 한 반 30여 명의 학생들이 보리를 베고 또 다른 밭으로 가서 보리를 베었다.

보리베기를 할 때 요령이 필요했다. 요령껏 못하면 보리가 뽑히기도 한다. 처음 하는 나는 매번 보리가 뽑혀서 친구들이 대신 보리베기를 많이 도와주었다. 그 날카로운 낫으로 학생들이 보리베기 한다는 것은 지금 생각하면 상상할 수도 없는 일이다. 중학교 3학년 때는 보리베기 하다가 손을 다쳐서 보리베기는 하지 못하고 대신 물을 뜨러 가거나 아이스크림을 사러 가는 심부름을 했다.

　중학교 3학년 학생회장 선거에 출마했다. 출마 연설에서 링컨 대통령의 남북전쟁 당시에 했던 게티즈버그 연설 중 'of the people, by the people, for the people'를 변용해 'of the student, by the student, for the student'라고 말했다. '학생의, 학생에 의한, 학생을 위한 학교를 만들겠다'고 약속했다. 그 당시는 학생에 의한, 학생을 위한 학교라는 개념이 없었다.

　학교 울타리를 만들기 위해서 수업 시간에 수업하지 않고, 산에 가서 돌멩이를 줍는 일을 했다. 학교 운동장을 모래로 덮을 때도 모래를 트럭으로 가져다가 운동장 곳곳에 쌓아놓으면, 그 많은 모래를 학생들이 운동장에 직접 뿌렸다. 학생은 수업 시간에 수업을 듣고, 학교 관련 일은 당연히 돈을 주고 인부를 사서 해야 하는데 그런 것들이 안 되고 있었다. 갑자기 장학사가 온다고 하면 모든 학생은 수업을 중단했다. 그 대신 교실 청소를 하고, 유리창을 닦고, 복도에 왁스칠을 했다.

　학생회장이던 나는 교감선생님께 학교의 문제점에 대해서 면담을 요청하고 개선해달라고 했다. 교감선생님은 황당해하셨다. 당연히 해야 하는 일을 왜 문제라고 하는지? 나를 엄청 신뢰하고 예뻐했던 선생님의 눈빛이 달라졌다. 그 후로 선생님은 나에게는 청소하지 말라고 했다.

불합리한 일들이 있었지만. 그것들을 어떻게 풀어가야 할지 잘 모르는 나이였다. 전교조 선생님들과 참교육 운동에 참여했던 언니의 영향을 받아서인지 전교생 등교 거부도 기획했다.

당시 3학년 1반과 2반 담임은 둘 다 20대 총각 선생님이었다. 그 두 분의 선생님께 계획을 이야기했더니, 모두 다 찬성하며 나에게 생각한 대로 하라고 했다. 학교의 문제에 대해서 항의하고, 등교 거부를 하려면 하라고 했다. 선생님들은 괜찮다고 했지만, 조금 두렵기도 하고 생각이 많아졌다.

학생회 임원들과 회의했는데, 한 임원이 우리가 모두 등교 거부를 하면 1차로 담임선생님들에게 피해가 갈 수도 있다고 했다. 미혼이었던 선생님들에게 큰 피해가 갈까 걱정되었다.

결국 전교생 등교 거부는 무산되었고, 선생님께 항의만 하고 끝났다. 그 후로 교감선생님이 나를 보는 눈초리가 따가웠다. 그래도 큰 차별과 피해는 주지 않았다. 체육대회 때는 학생회장으로 학생대표 선서를 했고, 졸업식 때도 학생대표로 답사를 낭독할 수 있었다.

한번은 아버지가 상담하러 학교에 왔다. 이때 교장, 교감 선생님이 내 행동에 대해 문제를 제기했다. 그때 아버지는 단호히 말했다고 한다. "나는 내 딸의 말이 옳다고 생각합니다. 행동했던 이유나, 앞으로도 진학 관련이나 모든 결정은 내 딸이 정하는 대로 할 것입니다." 그 당시 면담 온 거의 모든 학부모는 선생님

춘계체육대회에서 피켓을 들었다.

중학교 졸업식

의 제안을 받아들였고, 설득되었다. 유일하게 우리 아버지만 딸을 믿고, 딸의 선택에 맡긴다고 주장했다. 아버지는 언제나 나를 믿고 지원해주었다.

　자존감의 근원은 믿음과 신뢰이다. 나에 대한 아버지의 믿음과 신뢰가, 지금 내가 나를 믿고 타인을 믿고 살아갈 힘의 근원이 되었다.

2장

~~~~~~~~~~

사회에 눈을 뜨다
- 전남대와 노사모

광주와 첫 인연 - 오빠와 자취 생활

내가 중학교 2학년쯤 되었을 때부터 어머니 허리가 매우 아팠다. 일도 나가지 못하고 병원에 다니기 시작했다. 내가 광주 대성여자고등학교에 입학할 때는 어머니가 광주 병원에 다니며, 아예 일을 하지 못하게 되었다. 결국 제주도로 가서 수술받기에 이르렀다.

조선대에 진학한 둘째 오빠와 지산동에서 자취 생활하던 시절, 우리 집은 갑자기 경제적으로 힘들어졌다. 매달 수백만 원씩 벌던 엄마가 일을 하지 못하자, 집안 경제는 말이 아니었다. 매달 아버지가 보내주는 용돈은 늘 부족했다.

용돈이 오면 오빠는 나와 딱 반씩 나눠서 쓰기로 했다. 친구들과 어울리면 술도 마시고 당구장도 가던 대학생 오빠는 일주일 정도면 한 달 용돈이 바닥났다. 그러면 늘 "막내야 3만 원만, 2만 원만…"이라고 말했다. 그때마다 "나도 없어. 이번이 마지막 이야"라고 했지만 그래도 늘 오빠에게 돈을 줬다. 그러면 오빠는 "우리 막내는 늘 없다고 해도 비상금이 있네"라고 말했다. 나는 늘 비상금을 준비하고 미래를 대비하는 아이였다.

그 대신 오빠는 방학이면 당구장에서 아르바이트를 하거나, 공사 현장(삼촌이 건축 사업을 했다)에서 일을 해서 그동안 적자였던 생활비를 메꾸었다. 그리고 나에게 브랜드 있는 옷과 신발을 사주고 작은 냉장고를 과일로 채웠다. 대성여고 매점에 만두, 떡볶이, 자장면 등 새로운 음식이 들어왔다고 말하면, 그것들을 하루에 하나씩 다 먹어보라고 용돈을 주기도 했다. 그만큼 나를 위해 주었다.

자취방에는 매일같이 오빠 친구들이 놀러 왔다. 가끔은 제주도에 간 언니의 친구들도 놀러 왔다. 나는 언니나 오빠의 친구가 오면, 누구든 밥을 차려주었다. 어떤 날은 밥을 열 번 차린 적도 있었다. 밥 잘 차려주는 동생이라서 오빠 친구들이 예뻐했다. 가끔 텔레비전을 보면서 드라마나 광고에 나오는 음식을 보면서 '아 맛있겠다'라고 하면, 오빠들이 그것을 기억했다가 나중에 사올 정도였다. 언니 오빠들의 많은 사랑을 받던 시절이다.

1부 공간, 시간, 사람

소녀가 된 할머니

불행은 갑자기 찾아왔다. 할머니가 길을 걷다 넘어지면서 머리를 다쳐 뇌출혈이 일어났다. 조선대학교 병원에 입원했는데, 사람도 잘 알아보지 못했다. 아버지, 어머니, 오빠가 번갈아 가며 병원을 지키셨다.

할머니가 입원한 날 엄마와 둘이 지산동 자취방에서 잠을 잤다. 밤새 가위에 눌렸다. 할머니 입원이 내겐 큰 충격이었던 것 같다. 가위눌린 내용은 아직도 생생하다. 꿈에 누군가 칼을 들고 쫓아오는데, 그 사람이 내 뒤에 바싹 따라와도 아무 소리도 낼 수 없었다. 옆에 누운 엄마를 부를 수도 몸도 움직일 수 없던 그때의 기억이 지금도 또렷하다.

할머니는 병원이 답답했는지, 막무가내로 밖으로 나가려 했다. 그러자 병원에서 할머니를 침대에 묶어놓았다. 학교에 다녀온 작은오빠가 그것을 보고 당장 묶인 팔을 풀기 시작했다. 할머니 팔에 묶인 붕대를 풀어냈다. 할머니는 답답한 병실이 싫었는지 계속 밖으로 나가려 했다. 그러면 오빠가 할머니를 꼭 껴안고 나가지 못하게 했다.

하루는 작은집 고모가 음식을 그야말로 바리바리 싸가지고 문병을 왔다. 그때 고모가 했던 말이 아직도 생생하다. "나는 오늘 큰어머니라서 온 게 아니에요. 우리 큰어머니가 아니라 여자로서 너무 불쌍해서 안타까워서 왔어요."

스무 살 어린 나이에 홀로 아들 하나 낳고, 호랑이 같은 시어머니와 시아버지 모시고 평생을 살아온 생과부였던 할머니였다. 그 인생을 보고 살아온 고모는 할머니의 인생이 불쌍하고 안타까웠던 모양이다.

할머니는 별 차도가 없었다. 계속 사람을 알아보지 못했다. 자꾸 병실을 나가려고만 했다. 할머니 바로 아래 동생인 인천 이모할머니가 병문안을 왔다. 상황을 살피더니, 아버지께 할머니 모시고 완도로 내려가라고 일렀다. 평생 완도에서 사셨던 할머니에게 병원은 감옥이나 마찬가지이니 오히려 건강도 더 안 좋아질 테니, 그냥 모시고 내려가라고 말이다.

할머니를 모시고 다시 완도로 내려가자, 다행히 할머니는 우리를 알아보았다. 하지만 치매 초기 증상에 접어들었다. 눈앞에 있는 나를 못 알아볼 때도 있었다.

치매 때문이었을까? 말수 없던 할머니가 이따금 수다쟁이가
되었다. 한 번씩 집에 내려가면 할머니는 온 동네의 시시콜콜한
사건까지 얘기했다. 누구네 집 돼지가 새끼를 몇 마리 낳았는지
부터 동네 아저씨가 술 먹고 논에 빠진 이야기, 누구네 집 초상
났다는 이야기까지….

그러나 그것도 잠시였다. 할머니는 다시 말수가 없어졌다. 그
리고 그냥 잘 웃는 아이처럼 되어 갔다. 그때가 1993년이었다.
할머니가 돌아가시기 전 10년 전이다.

할머니는 평생 잘 웃지 않고 많이 말하지 않았다. 하지만 팔십
평생 중 딱 며칠 수다쟁이였다. 늘 무뚝뚝한 얼굴이었다가, 치매
10년 동안은 소녀처럼 해맑은 미소를 지니고 살았다.

치매를 겪으면서 사람의 본모습을 보인다는 걸 알았다. 너무
나 순하고 착한 할머니 심성 그대로 살아온 10년! 나에게는 할머
니 치매 10년이 아름다운 추억이었다.

치매 뒷바라지는 어머니의 몫이었다. 가끔 실수한 대소변을
치우느라 힘들었겠지만, 어머니는 단 한 번도 할머니가 원망스럽
지도, 귀찮지도 않았다고 한다. 우리 할머니의 노후는 참으로 행
복했다.

소녀의 모습으로 내 곁을 떠난 할머니. 돌아가시기 전 고맙다
는 말씀이라도 하려는 듯, 하염없이 내 팔다리를 쓰다듬어 주던
할머니의 거친 손길. 요즘에는 할머니가 유난히 그립다.

사범대 아닌 공대를 선택하다

고등학교 졸업이 다가오자, 진로를 선택해야 했다. 웬만한 서울의 사립대를 갈 실력은 되었지만, 등록금이 부담되어 전남대를 선택했다. 아버지는 교대나 사범대에 가서 선생님이 되길 바랐다. 이은민 선생님처럼 교사는 학생의 인생을 바꿀 수 있고, 세속적으로 보아도 정년이 보장된 매력적인 직업임이 확실했다. 하지만 나에게는 '교사로서 평생 소명 의식을 가지고 살 수 있을까?'라는 의구심이 있었다. 그래서 교사의 삶은 선택하지 않았다.

하지만 누군가를 가르치는 일에 대해서는 진정성이 있어야 한다고 생각했다. 대학 다니며 야학을 할 때도, 대학원 다니면서 과외를 할 때도, 진심을 다했다.

과외 학부모 면담에서 "과외는 교육이라고 생각합니다. 시간 때우기식으로는 하지 않겠습니다. 3개월 안에 영어, 수학 성적이 제가 생각하는 만큼 나오지 않으면 그만둡니다"라고 말씀드렸다. 수업 시간 10분 전에 늘 도착했고, 과외를 교육으로 여기고 최선을 다했다. 과외 대상은 중학생부터 대학생까지였다.

첫 과외 학생은 야간대학을 다니는 대학생이었고, 공학수학 때문에 장학금을 받지 못한다고 공학수학 과외를 원했다. 기말고사 전 족집게 과외를 했고, 예상 문제 6문제를 찍어서 풀어주고 외우게 했다. 시험 보는 날, 내가 더 떨릴 정도였다. 시험 시간이 끝나자, 연락이 왔다. 시험 문제 6문제 중 1문제 빼고 다 똑같은 문제가 나와서 잘 썼다고 하는 것이었다. 첫 과외는 대성공이었다. 그 후로도 여러 학생을 가르쳤고, 다행히도 학부모도 학생들도 잘 따라와 주었다.

마지막 학생은 고3 남학생이었다. 어머니가 교사여서인지, 나에게도 굉장히 친절하고 믿어주셨다. 그 학생은 수학에 대한 울렁증이 있었다. 과외 시간에는 잘 푸는데, 시험만 보면 성적이 나오지 않았다.

과외 시작할 때 학부모와 약속했듯, 3개월 안에 성적이 오르지 않아 그만두겠다고 했다. 그 학생이 붙잡았고, 학부모는 초등학생 둘째랑 함께 과외를 해주면 좋겠다고 제안했다. 하지만 나는 약속이 너무나 중요했기 때문에 그만두고 말았다. 그 후로 그 학생은 어떤 과외도 안 받았다는 소식을 들었다.

시간이 흘러 그때 내 생각이 깊지 못했다는 생각이 들었다. 내 자신과의 약속만 중요하다고 생각했던 것 같다. 과외도 교육이라고 생각했다면 학부모와 학생의 마음을 더 헤아리고 좋게 마무리해야 했던 게 아닐까?

학원에서 아르바이트로 수학 강의도 했다. 학원 수업을 따라오지 못한 학생을 위해 매일 1시간씩 일찍 가서 선수학습을 시켰다. 그래야지 수업시간에 조금이라도 따라올 수 있는 학생이 있었기 때문이다. 그러다 보니 하루에 3시간만 하면 되는 강의를 그 이상씩 했다. 그 모습을 좋게 봤는지 학원 원장이 내게 학원을 맡아서 해보지 않겠냐는 제안도 했다.

나는 교직의 길은 가지 않았지만, 대학원에서 실험 조교, 재단에서 강의, 방통대에 딴 2급 평생교육사 등 '준교사'로서의 경력은 꽤 가지고 있다. 교육에는 진심이었고, 지금도 그러하다. 교권이 존중받고, 학생들이 존중받는 사회가 되기를 간절히 원한다. 하지만 교육은 학교에서만 이루어지는 것은 아니라고 생각한다.

지금 와서 고백하자면, 내가 공대를 가게 된 이유가 있었다. 조금 황당할 수도 있다. 1995년 《아스팔트의 사나이》라는 드라마가 방영됐다. 자동차 회사를 배경으로 한 드라마였다. 그것을 보고 자동차공학 관련 학과에 가면 자동차 디자이너가 될 수 있겠다고 생각했다.

1996년 전남대학교는 학부제였다. 자동차공학 계열로 신입생을 받고 2학년 때 전공으로 기계공학과, 산업공학과, 금속공학과를 선택하는 구조였다. 나는 자동차공학 계열로 입학해서 기계공학과를 선택하였다. 드라마 한 장면이 사람의 미래를 바꾸기도 한다.

대학 1학년 때 '광주첨단전자전' 방문 기념

기계공학과 예삐와 꽃분이

자동차공학계열 입학생은 전체 220명이었다. 전공 선택 전이기는 했지만, 신입생들의 소속이 없던 것은 아니었다. 기계공학과, 금속공학과, 산업공학과, 3개의 학과에서 계열로 신입생을 뽑았다. 기계공학과 110명, 금속·산업공학과 각 55명씩으로 분반되었다.

기계공학과 분반에는 110명의 중 여학생은 겨우 4명이었다. 수가 워낙 적다 보니, 교수님들은 강의에 들어와서 여학생이 어디 있나부터 찾았다. 그리고 교탁 앞자리를 지정석처럼 정해주었다. 그래서 강의를 빼먹는 일은 상상할 수 없었다.

기계공학과 축제인 '치차제'에서 처음으로 연극을 하기로 했다. '치차'는 톱니바퀴를 뜻하는 한자어이다. 여자 동기에게도 같이하자고 했지만, 자신이 없다고 하는 것이었다. 그래서 나만 유

기계공학과 축체 '치차제'에서 연극 모습

일한 여학생으로 연극에 참여했다. 그런데 시나리오가 나오지 않
아 연극을 포기해야 할 처지에 놓였다. 한 명씩 연극을 계속 진
행할지, 그만둘지 의견을 말하기 시작했다.

　2, 3학년 선배들 중심으로 도저히 안 되겠다는 의견이 분분했
다. 하지만 나는 "우리가 칼을 빼어 들었으면, 무라도 잘라야 하
는 것 아닐까요? 저는 연극을 무대에 올렸으면 좋겠어요"라고
이야기했다. 선배들이 할 말을 잃었다. 1학년 여학생 후배가 그래
도 완성해야 한다는 말에 어떻게든 연극을 올리기로 했다.

　연극 내용은 기계공학과 이야기였다. 운동권 학생, 놀기 좋아
하는 학생, 공부만 하는 모범생, 세상 고민이 많은 학생, 공주병
스타일의 여학생 등이 각자의 대학 생활을 이야기했다. 너무 많
은 문제풀이를 리포트로 내주는 교수님과 그 양이 너무 많아 문
제풀이를 다 복사해서 내야 하는 대학 생활의 어려움을 보여주

는 내용도 있었다. '예삐'라는 공주 같은 여학생이 내가 맡은 역할이었다.

무대에 오르기 전 긴장을 풀려고 선배, 동기들은 막걸리를 한 잔씩 먹고 들어갔다. 술을 못 마시는 나는 보이는 게 없으면 덜 떨릴 것 같아서, 안경도 렌즈도 안 끼고 무대에 올랐다. 연극은 나름 성공적이었다.

연극이 끝나고 학과장님이 나를 불러 물었다. "리포트를 복사해서 낼 정도로 과제가 많나?" 나는 이렇게 대답했다. "교수님뿐 아니라 모든 교수님이 과제를 다 많이 내주시니 도저히 풀 수가 없습니다. 공부 잘하는 선배 몇이 푼 문제를 카피해서 낼 수밖에 없었습니다." 그러자 교수님은 "무슨 말인지 알았네"라고 답했다. 그 후로 한 과목당 과제는 5문제가 넘지 않았다. 포기하지 않고 올린 연극이 이루어 낸 뜻밖의 성과였다.

기계공학과 소모임 방에는 기타 치며 노래하는 공간이 있었다. 같은 소모임 선배들이 〈꽃순이를 아시나요?〉라는 노래를 부르다가 이런 이야기를 했다. "'꽃처럼 어여쁜 꽃순이'라는 가사에 나오는 꽃순이가 문득 나 같다고 생각했다"라고. 한 선배는 가사의 '꽃순이'보다 '꽃분이'라는 이름이 더 잘 어울린다고 했다. 그 뒤부터 사람들은 나를 '꽃분이'라고 불렀다. 나도 꽃순이보다는 꽃분이가 어울린다고 생각했다. 어떤 선배는 대학 졸업 후에도 오랜 시간 나를 꽃분이라고 불렀다. 예삐와 꽃분이와 세미가.

이름은 다른데 그것들에서 수더분하고 얌전한 여학생의 이미지
가 풍겼다. 셋 다 나를 가리키는 이름이 되었다.

'글이2여'와 망월모역

　　정식 입학 전 예비대학 때 '승희학교'에서 처음으로 박승희 열사를 만났다. 1991년, 불과 5년 전 학교에서 분신을 한 승희 언니. 언니 이야기를 들으면서 코스모스 씨앗을 심어 만든 승희 꽃길을 기억하며, 교육과 국가와 사회에 대한 생각을 어렴풋이 하게 되었다.

　　1학년 때 기계공학과의 소모임을 두 개 가입하였다. 과 학회지 《톱니바퀴》를 발간하는 편집부와 자작 자동차를 만드는 오토(AUTO)라는 소모임이었다. 편집부 이름은 '글이모여'였다. '글이모여'에서는 《신문읽기의 혁명》 책을 읽고 독서토론을 했다. 고등학교 때까지는 신문은 진실이라고 믿었다. 독서토론을 하면서, 신문의 문장과 문장 사이의 함의된 뜻을 파악해야 한다는 것, 즉 행간을 읽을 줄 알아야 한다는 것을 알았다. 또한 신문사의 논조에 따라 특정 사건이나 의미를 다르게 표현한다는 것을 처음 알게 되었다.

입학 후, 편집부에서 내게 처음 주어진 과제는 김남주 시인의 《조국은 하나다》를 읽고 책과 작가를 소개하는 것이었다. 책을 읽기는 했지만, 사실 마음속에 와닿을 만큼 이해하기가 힘들었다. 그래도 어떻게든 책을 읽고 글을 쓰기 시작했다. 하지만 여전히 어려워하자, 선배가 '망월묘역'에 가자고 했다.

망월동 묘역

편집부 동기, 선배와 버스를 타고 난생처음 망월묘역으로 갔다. 가는 길에 국화꽃을 한 송이씩 샀다. 묘역 입구에는 전두환의 기념 비석이 묻혀 있는데, 우리는 이를 밟고 들어갔다.

망월묘역을 들어선 순간, 내 눈에 무명열사의 묘비라는 안내문이 눈에 들어왔다. 묘역에 늘어선 수많은 묘비···. 이름을 찾지 못한 분들이 이렇게나 많다니, 정말 충격이었다. 무명열사의 묘비 앞에서 하염없이 눈물을 흘렸다. 그 모습 때문인지 선배 중한 명이 혹시 가족 중에 5·18 희생자가 있느냐고 물었다.

국민의 생명과 안전을 지켜야 할 국가가 국민을 향해 총을 쏘고 이렇게 희생된 사람들이 많다는 사실을 직면하고 너무 가슴이 아팠다. 아직도 규명되지 않은 진실이 많이 남았다는 현실에 가슴은 더 먹먹해졌다.

누나 눈빛이 슬퍼 보여

대학교 1학년 겨울방학이 시작되었다. 겨울방학에는 학생회와 학과 소모임, 동기들과 MT를 갔다. 통합 계열에서 전공 학과를 선택해야 했다. 그런데 갑자기 제주도에 사는 이모의 전화가왔다. 고모할머니가 넘어져 대퇴부 골절을 당해 수술해야 한다고 했다. 거동을 할 수 없으니 병원에 와서 할머니 병수발을 해줄수 있냐고 물었다.

흔쾌히 가겠다고 했다. 고모할머니는 엄마의 고모이자, 우리4남매를 다 업어 키우며 함께 살았다. 외할머니처럼 지냈고, 5촌이모는 친이모들보다도 더 가까웠다. 미용실을 하는 이모는 낮동안 병간호가 불가능했다. 제주도에 사는 숙모가 있었지만 제주시와 거리가 먼 성산포 쪽에 살아서 제주시로 오가며 병간호하기 힘들었다.

수술 후, 입원한 고모할머니는 아예 거동이 힘들어서, 대소변을 다 받아야 했다. 기저귀를 갈고, 얼굴을 씻기고, 거즈로 손과 발을 닦아야 했다. 병실은 3인실이었다. 80대 후반과 초반의 할머니, 그리고 70대 중반의 고모할머니까지 세 분이 있었다. 80대 할머니들을 병간호하는 분도 60대 어르신이었다. 할머니 5명과 스무 살 대학생의 공동 생활의 시작이었다.

나이가 가장 어리니 심부름을 솔선수범해서 했다. 세 끼 식사를 챙겨드리고, 병실에 앉아서 책을 보거나 할머니랑 이야기를 하곤 했다. 하루 이틀, 일주일이 지나자, 병간호 생활이 익숙해지기 시작했다. 간호사나 병간호 오는 사람들이 물었다. "환자와 어떤 관계냐"고. "조카손녀예요. 외고모할머니이시거든요." 이렇게 대답하니 요즘 세상에 할머니 병간호도 안 하는데, 조카손녀가 병간호를 왔다며 기특해했다.

가끔 숙모는 낮에 들렀고, 이모는 저녁 시간에 왔다가 갔다. 한번은 두 분의 말다툼으로 소란이 일어났다. 그때 간호사가 와서 두 분께 버럭 화를 냈다. "이 병실에서 말할 자격이 있는 사람은 저 학생 하나뿐입니다. 당신들이 뭐라고 와서 이렇게 소란을 피우세요." 그러면서 나를 쳐다보았다. 밤낮으로 병실을 지키고 간호하는 나를, 간호사가 좋게 보았던 것 같다.

2주가 넘어가자 점점 힘들어졌다. 몸이 힘든 게 아니었다. 늘 병실에서 어르신들하고 지내는 것과 병원의 분위기가 힘들었다. 하루는 친척 동생이 이모와 이런 대화를 했다. "엄마 누나가 힘든 거 같아.” “왜? 누나가 힘들다고 하던?” “아니, 누나 눈빛은 늘 웃고 있었는데 이제는 누나 눈빛이 슬퍼 보여.”

　이모가 나에게 그 대화를 이야기해줬다. 그 말을 듣고 눈물이 펑펑 쏟아졌다. 나도 몰랐던 힘듦을 어린 동생이 알아봐 주었다는 것이 고마웠다. 그리고 ‘내가 힘들구나’라는 생각을 처음으로 했다. 다행히 할머니는 서서히 회복했다. 나도 전공 학과를 정해야 하는 시기가 되었기에 다시 광주로 올라왔다. 돌이켜보면 고모할머니를 병간호했던 그 시간은 참 힘들었다. 하지만 그만큼 보람 있고, 따뜻하고 좋았다.

　그 기억 때문인지, 20여 년이 지난 지금도, 숙모는 나만 보면 껴안고 펑펑 눈물을 쏟는다. 어린 우리 남매를 늘 보살펴 주었던 고모할머니와 보낸 시간은 내 일생 동안 잊지 못할 추억으로 남을 것이다.

　고모할머니는 3년 후 돌아가셨다. 내가 대학 졸업 전 미국에 단기 연수를 가 있을 때였다. 한국에 들어와서야 고모할머니의 부고 소식을 들었다. 미국에 있어 할머니의 부고를 들어도 귀국할 수 없는 내 상황을 배려한 것이었다. 그렇지만 너무 속상했다. 그리고 가슴이 아팠다. 어린 시절 함께 살던 8명 가족 가운데, 처음으로 저세상으로 멀리 떠나보낸 이별의 경험이었다.

광주학당 야학과 애육원 교육 멘토

    초등학교 시절, '무엇을 하고 살면 가장 행복할까?' 생각하다가 어려운 사람을 돕고 살겠다는 결심을 했었다. 앞서 이야기했지만, 신경통 걸린 할머니 다리를 주물러드렸던 손녀라고 소문이 나서 어디서나 착한 아이라고 불렸기 때문이었을까? 그래서인지 착하게 살아야 한다고 생각했던 것 같다.

    어려운 친구나 사람을 도왔다. 길가에서 죽어 있는 새들을 보면 꼭 풀과 예쁜 꽃들을 따다가 곱게 묻어주었다. 뱀에 잡아 먹힐 위기의 개구리를 보면 열심히 돌을 던져서 구해주기도 했다. 그리고 그렇게 누군가를 도와야 한다고 생각했다.

    수능 시험이 끝나고 어느 날, 소태동 광주영아일시보호소를 소개하는 방송을 보았다. 무작정 그곳으로 달려갔다. 그곳은 세 살 이하의 아이들이 입양 가기 전까지 보호하는 곳이다. 갓 태어난 아가, 7~8개월 정도 된 아기, 두 살 정도의 아이들은 각각 다른 방을 썼다. 우리의 주된 일은 아이들을 돌보고 놀아주는 것이었다.

7~8개월 된 아이들 방에는 아기 침대에 8개가 있고, 침대에 아기들이 하나씩 있었다. 한 아이가 울기 시작해서 안아주었다. 또 한 아기가 울기 시작했다. 양쪽 팔에 아기를 안고 우는 아기와 눈맞춤을 했다. 눈만 맞추었을 뿐인데 아이는 울지 않고 빤히 나를 쳐다보았다.

입양하기 위해 방문하는 젊은 부부가 오면 아이들의 눈이 그들을 따라갔다. 얘들도 본능적으로 느끼는 것이 있는 건가? 이런 생각이 들었다. 이 아기들이 많은 사랑을 받으며 잘 성장할 수 있는 사회를 만들 수 있을까 고민하는 계기였다.

대학 때는 야학활동을 하는 선배 소개로 서방시장에 있는 '광주학당'에서 생활 영어를 맡기로 했다. 사실 내 영어 실력이 대단한 것은 아니었다. 하지만 어느새 영어 간판이 많아질 정도로 영어가 생활 속에 많이 쓰이게 되자, 그것을 어려워하는 주부들을 위한 생활영어 학습 정도는 맡을 수 있었다.

엘리베이터 버튼의 'F'는 무슨 뜻인지? 호프(HOPE)는 희망인데, 술집(HOF)에서 무슨 희망을 찾는다고 호프인지? 이 정도였다. 가끔은 나물 종류를 영어로 어떻게 말하는 물어보실 때도 있었다. 토란(taro), 쑥갓(crown daisy), 우엉(burdock) 등, 거의 쓸 일이 없어 모르는 단어를 질문하실 때도 많았는데, 이것을 찾다 보니 나에게도 적지 않은 공부가 되었다.

무엇보다 40~50대 이상의 어머니들 눈높이에 맞춰 그분들 관심사로 소통하는 법을 이해하게 된 것이 가장 큰 성과였다. 훗날 '사단법인 디지털 시대 공감'을 만든 계기는 여기서부터 아니었을까?

동림동 애육원에서 1:1 교육 멘토를 하며 아이들과 공부하고 공감대를 형성하는 봉사도 했다. 첫해 담당은 공감대 형성이 무난하게 잘되는 친구였다. 금방 친해져서 마음속 고민도 털어놓고 공부도 재밌게 했다.

다음 해 짝이 된 친구는 아주 예뻤으나 성격이 차가웠다. 애육원 사회복지사는 물론 친구들과 관계가 좋지 않았다. 하지만 서로 좋아하는 것 적기, 좋아하는 것 적으면 다음 주에는 그 선물 사 가기 등 마음을 열기 위해 여러 노력을 했다. 마음을 연 그 친구가 처음 한 말은 아직도 잊히지 않는다. "언니도 말없이 떠나 버리는 건 아니지요?" 그 아이가 버림받고 상처받는 게 두려워서 사람들에게 마음을 열고 있지 않다고 생각하니 마음이 아팠다.

봉사활동 선생님들이 다른 일이 생기면 봉사를 빠질 때가 있다. 그때 미리 이야기를 해주면 다른 선생님이 대신 멘토를 해주기도 한다. 하지만 그런 연락이 없으면 아이는 오지 않는 선생님을 기다리다가 시간을 보내기도 한다. 기다림과 오지 않음은 이미 마음에 상처를 입은 아이들에게는 더 큰 상처가 될 수도 있다. 아이들에게는 물질적 도움보다는 관심과 사랑이 더 절실해 보였다. 너만을 위한 사탕, 너만을 위한 연필, 너를 위해 생각하고 고르고 포장해 온 선물…. 다른 사람을 이해하고 소통하는 방법에 대해 고민할 수 있는 시간이었다.

국적 불명의 외국어와 영어가 쓰인 간판들로 어려움을 겪는 기성세대들, 너무나 이른 나이에 자립해야 하는 보호 종료 아동, 관심과 사랑이 더 필요한 아이들에 대한 배려와 보호, 이렇게 환경에 적응하지 못하는 이들은 많을 뿐 아니라 도움도 맞춤형이어야 한다. 적은 수의 사람, 목소리가 작은 사람의 목소리를 대변할 수 있어야 한다. 작은 목소리가 소외받지 않기 위해 사회와 국가가 해야 할 일은 무엇일까?

노사모의 '처음처럼'

2000년 4월, 부산 국회의원 선거에서 노무현 후보가 떨어졌다. 사람들은 그 좋다는 정치 1번지 서울 종로 지역구를 포기하고 굳이 험지인 부산에 가서 지역감정 타파를 주장했던 노무현 후보를 '바보'라고 불렀다. 노무현 후보의 홈페이지 '노하우(노무현과 하나되는 우리들)'에는 울분을 토해내는 누리꾼들의 글 수천 개가 올라갔다. '늙은 여우'라는 닉네임을 쓰는 한 광주 누리꾼이 팬클럽을 만들자는 제안을 했다. 그리고 그 바보를 사랑하는 사람들의 모임, '노사모'가 생겨났다. 6월 6일 국토의 중심인 대전에서 노사모가 정식으로 창립되었다.

원칙과 상식,
사람사는 세상,
동서화합

1부 공간, 시간, 사람

바보 노무현의 신념과 철학은 가슴을 뛰게 했다. 나는 아버지가 품은 전라도 사람의 한(恨), 원칙이 지켜지는 세상, 사람 사는 세상을 꿈꾸는 사람들과 함께한 이 모임 속으로 무섭게 빠져들었다.

노사모는 좋은 사람들이 모인 합리적인 모임이었다. 나이와 직업, 사회 경력과 상관없이 닉네임으로 통일해서 불렀다. 사장님이나 의사, 한의사, 선생님, 대학생 할 거 없이 누구나 ○○님으로 불렸다.

나는 '처음처럼'이라는 닉네임으로 활동하기 시작했다. 봄에 피어나는 새싹처럼, 처음 하늘을 나는 새처럼, 그 처음의 마음을 간직하고 싶었기 때문이다. 이 이름 때문에 '처음처럼, 처음이, 처럼이, 첨처럼'으로도 불렸다. 나를 부르는 새로운 이름이었다.

노사모를 통해서 세상을 다시 보게 되었다. 유명 가수 팬클럽 한번 해보지 않았던 내가 평일, 주말 할 것 없이 모임에 나갔다. 전북 노사모, 대구경북 노사모, 전남 노사모 등 각 지역의 첫 창립 행사는 거의 찾아갔다. 마지막 제주 노사모를 만들기 위해서 두 번이나 번개를 쳤고 그 후 제주도까지 모든 지역 노사모를 결성하기에 이르렀다. 심지어 울릉도에도 회원이 있었고, 해외 노사모까지 생겨났다. 광주와 완도 외의 공간을 몰랐던 내가 이제는 전국 어디를 가도 지인들이 생겨나 그곳에 갈 때마다 반갑게 만날 수 있는 동지들이 있는 '전국구 인맥'을 가지기에 이르렀다.

동서화합과 언론개혁이라는 바보 노무현의 정신을 따르고 그 정신을 따르는 사람들을 만났다. 생각과 뜻이 같은 사람이 모인 다는 것은 그 무엇보다도 재밌고 즐겁고 보람된 시간이 아닐 수 없었다. 더 나아가 노사모를 통해서, 평범한 시민들의 힘이 모여서 세상에 작은 변화를 만들 수 있다고 생각했다.

노사모 1주년 행사 때, 회원 3명이 공로패를 받았는데, 그중 하나가 나였다. 노사모 홈페이지에는 신입회원 인사방이 있었다. 그곳에서 내가 빠지지 않고 반갑게 댓글을 달아 맞이한 공을 인정받아 첫 공로패의 주인공이 되었다.

노사모 활동을 하면서 내가 할 수 있는 일이 무엇이 있을까 생각했다. 노사모에 가입하고, 신입회원 게시판에 가입인사를 쓰고, 그 인사에 환영 댓글이 달렸을지 궁금해서 다시 들어와 봤던 기억이 났다. 그때 나를 따뜻하게 맞아준 환영의 댓글이 반갑고 고마웠다. 그때부터 모든 신입회원의 첫인사 글에 환영 댓글을 달아주기 시작했다.

하루에 1,000명 이상의 회원이 들어온 날은 손가락이 아파서 눈물이 날 정도로 힘든 적도 있었다. 그래도 한 명도 빠짐없이 댓글을 썼다. 오프라인 모임에서도 소리 없이 할 수 있는 일은 다 했다. 아이들과 함께 온 회원들이 충분히 모임을 즐길 수 있도록 아이들과 놀아주고 밥 먹여주기, 남편을 따라온 여성 회원이 어색하지 않도록 말동무하며 편하게 해주기 등등.

2000년 노사모 송년회. 명계남 선생님과 함께

그 모습을 유심히 지켜본 한 회원이 "처음처럼이 왔다 가면 열성 회원이 생긴다"라고 칭찬해주었다. 그러자 다른 누군가가 "노사모 산파네"라며 맞장구 쳐주었다. '노사모 산부인과 원장'이라는 별명이 이렇게 붙었다.

노사모 회원이 1,000명이던 초기, 회원 배가 운동으로 가족, 친구들을 가입시켰다. 하지만 회원 증가 속도가 참 더딜 때도 있었다. 그런데 노무현 해양수산부 장관이 조·중·동 등 주류 보수 언론과 싸우고, 정치적으로 큰 이슈를 던지면서 부각될 때마다 노사모 회원은 급증했다. 회원 가입이 많은 날이면 게시판에 글을 남긴 사람도 많았고, 회원 수가 늘어나는 만큼 가입인사 숫자도 많아졌다. 준비하는 대학원 논문도 있고 개인적으로 바빠 노사모 활동이 부담될 때도 있었다. 그때 닉네임 '처음처럼'이 내게 힘이 되었다. 처음처럼, 초심을 가지고 살려고 부단한 노력을 기울였다.

노사모 – 동서화합 바느질 걸음

감격 그 자체였던 광주 경선

2002년 초는 대선 경선이 준비되는 시기였다. 노무현 후보의 경선을 위해 주위에 많은 사람을 경선인단으로 추천했다. 가족은 물론이고 친구와 친구 부모님까지 경선인단에 참여할 수 있도록 열심히 뛰었다. 그때는 경선인단 한 명 한 명이 정말 간절했다.

경선인단 모집과는 별개로 광주의 경선인단을 대상으로 편지 쓰기를 했다. 부산에서, 대구에서, 서울에서, 대전에서… 많은 사람이 광주 선거인단에게 노무현 후보를 지지해 달라는 호소를 담은 편지를 직접 쓰기 시작했다.

밤새 손 편지를 썼다는 아주머니, 군 제대 후 처음 손 편지를 쓴다는 50대 아저씨, 이메일에 익숙한 20대 청년들까지…. 정말 남녀노소가 다 있었다. 나는 손 편지를 쓰는 사람에게 편지를 받을 경선인단의 주소를 알려주는 역할을 했다. 경선인단에 손 편지를 쓰고 관련 준비를 하느라 밤을 지새운 적도 많았다.

'어제 받은 주소에다 다 썼으니 더 주소를 달라. 예쁜 꽃 편지지를 한 묶음을 샀다….' 간절한 마음을 담은 사연들이 참 감동적이었고 그 마음이 펜 끝으로 전해졌다. 그 정성은 결과로 나타났다.

광주 경선 전야제 때 발언 모습

마음과 정성이 모인 힘이었을까? 대세라던 이인제와 호남의 맹주 한화갑 대표를 제치고, 노무현 후보가 광주 경선 1위를 차지했다. 그것도 꽤 큰 표 차였다. 정말 감동 그 자체였는데, 그 기쁨을 눈물 외에는 표현할 수 없을 정도로 벅찬 순간이었다. 내 생애 가장 기억에 남는 일 한 가지는 2002년 3월 16일, 염주체육관에서 열린 광주 경선 결과 발표 순간이라고 할 정도다. 10여 년 후 청년비례대표에 출마했을 때도 그때 이야기를 많이 했다. 그때부터 노무현 후보 바람이 일기 시작했다. 노무현 후보는 경선은 물론 대통령 선거까지 이기고 대통령이 되었다.

대통령 이취임식

2003년 2월 25일, 노무현 대통령의 취임식에 몇몇 노사모 회원들과 함께 초대받았다. 정권 재창출을 공식화한 자리이기에 민주당에는 아주 기쁜 날이었다. 김대중 대통령의 이임식과 노무현 대통령의 취임식을 보기 위해 여의도 국회의사당 광장에는 많은 국민이 함께했다. 새 대통령을 축하하는 사람은 아주 많았다.

노무현 대통령의 취임 못지않게 김대중 대통령의 국정 5년의 성공적인 마무리도 축하해주고 싶었다. 평화적인 정권교체와 임기 만료로 적어도 제도적 민주화를 완성시켰다. 또 남북화해 분위기 조성, 외환위기 극복, IT 지식정보화 강국 육성, 과학기술 혁신, 한류문화산업 육성의 기반 마련 등등.

수많은 기반을 마련한 김 대통령님께 진심을 담은 기립 박수를 보내고 마지막으로 보내드리고 싶었다. 광주에서 함께 간 회원들에게 김대중 대통령의 이임사가 끝나면 기립 박수를 쳐주자고 제안했다. 물론 이임사가 끝나자 큰 박수가 터져 나왔다. 하지만 우리 일행 말고는 기립 박수를 치는 사람은 없었다. 조금은 섭섭한 순간이었다.

노무현 대통령 당선인과 노사모

새로 취임하는 노무현 대통령을 맞는 국민의 박수는 그야말로 우레와 같았다. 노무현 대통령은 취임사를 통해 새 정부를 '참여정부'로 명명하였다. 참여정부라는 이름은 자발적으로 모여 그분을 대통령으로 만든 노사모의 뜻을 반영한 것이기도 해서 자부심이 들었다.

노 대통령은 "국민과 함께하는 민주주의, 더불어 사는 균형 발전 사회, 평화와 번영의 동북아 시대를 열어가겠다"라고 선언했다. '함께, 균형, 평화와 번영'은 여전히 우리에게 가장 필요한 단어이지만, 지금 와서 생각해보면 적어도 균형발전에 대해서는 노 대통령만큼 진심을 다한 분은 없다고 생각한다. 균형발전에 대한 생각은 뒤에 더 이야기하겠다.

이취임식이 끝나고 행사장을 빠져나왔다. 나는 이제 노사모로서 역할을 마치고, 일상으로 돌아가 한 시민으로 노무현 대통령이 이끄는 참여정부를 응원하면서 살 것이라고 확신했다. 광주로, 일상으로 돌아왔다.

하지만 사람 일은 알 수 없다. 1년 후인 2004년, 국회에서 10여 년 동안 일하고, 국회의원에 도전할 운명이 나를 기다릴 것은 당시에는 상상도 하지 못했다.

노무현 대통령의 청와대 초청

3장

~~~~~~~~~~~~~~~~

강원도와 여의도

다 필요 없네. 잘살게만 해주게! - 안녕, 강원도

노사모 활동을 하면서, 전국을 넘어 미국·뉴질랜드 등 해외까지, 일곱 살 어린이부터 70대 어르신까지, 지역·연령·직업과 상관 없이 많은 사람과 인연을 맺었다. 그중에는 언니 오빠 같은, 아버지 같은 인연도 있었다. 그 안에서도 이런저런 패밀리가 생겼고, 가족보다 끈끈한 정을 맺은 사람도 많이 생겼다.

소중한 인연 속에서 더욱 각별한 인연이 있었다. 그분 부탁이라면 묻지도 따지지도 않고 들어주어야 할 만큼 말이다. 그 한 명이 강원 노사모 대표였던 '산하' 님이다.

어느 날 그의 전화가 왔다. 강원도에서 노무현 대통령의 오른팔이라 불린 이광재 국정상황실장이 갑자기 경선을 하게 됐는데, 딱 2주만 도와달라고 했다. 2004년 총선을 돕는 것은 노무현 대통령을 위해 내가 할 수 있는 마지막 의리라고 생각하고 있던 때였다. 게다가 산하 님은 아버지처럼 늘 마음 깊이 챙겨주시던 고마운 분이었다. 노 대통령을 가장 오래 모셨던 사람이 국회의원이 되면 대통령에게 큰 힘이 될 것이라는 확신도 있었다. 전화를 받자마자 짐을 싸서 그다음 날 무작정 영월로 달려갔다.

　따뜻한 봄 햇볕이 비치던 광주여서, 분홍색 얇은 점퍼를 입고 갔는데, 영월에 도착하니 진눈깨비가 날리고 있었다. 선거사무실은 세팅도 되지 않았고, 막 보일러와 인터넷을 설치하고 있었다. 아는 사람이 없으니, 노사모 인맥을 찾을 수밖에 없었다. 광주에서 온 '처음처럼'이라고 소개하고, 노사모 회원들을 오프라인 모임에서 만나기 시작했다. 그 모임이 이광재 후보의 팬클럽인 '광재사랑'을 만드는 씨앗이 되었다. 경선인단 명단을 받자마자 태백, 영월, 평창, 정선 곳곳을 다니며 설득하기 시작했다.

　전라남도 완도 출신인 내가 강원도 영월까지 이광재 후보를 돕기 위해 왔다며 사람들을 만났다. 지역발전을 어떻게 할지, 끊임없이 이야기하고 설득해가는 과정은 쉽지만은 않았다. 강원도에서의 생활은 힘들었지만 사람들은 너무나 따뜻했다. 그들은 나를 여동생처럼, 조카처럼 챙기고 보살펴주었다. 강원도 사람들은 마음이 참 순수해서 좋았다.

　경선인단의 한 50대 아저씨를 찾아간 적이 있었다. 이광재 후보를 지지해달라고 호소했지만, 선뜻 답을 하지 않았다. 그러자 옆에서 술을 마시던 아저씨들이 이 젊은 처자가 와서 이렇게까지 부탁하는 데 한 표 주라고 했다. 마지막에는 아저씨도 찍어주겠다고 확답을 받고 나왔다. 경선 선거 날, 아저씨가 투표하러 왔다. 그런데 내 얼굴을 보더니, 손으로 얼굴을 가렸다. 분명, 다른 캠프의 사람도 왔을 것이고, 투표장에서 우리 후보를 찍지 않은 것 같았다. 그 모습을 보면서 '참 순수한 분이구나'라고 생각했다. 보통 다른 사람들은 그냥 웃으며 인사하고 다른 사람을 찍을 텐데, 그는 내 눈을 보지 못했다. 그래서 안타깝지만 한편으로는 그 마음을 이해하기로 했다.

경선 결과 발표가 다가오자 너무나 떨리고 눈물이 났다. 사모님과 정선 오일장 선거운동을 다니던 순간, 태백의 한 할아버지가 후보에게 부탁한 "우리는 여당 야당 다 필요 없네. 잘살게만 해주게"라던 말씀, 목이 아파 전화하기가 힘든 나에게 약을 사주던 동료들이 보여준 우정, 탄핵의 순간…. 많은 장면이 스쳐 지나갔다. 이 순간이 도전의 마지막일 수도 있다는 생각에 눈물이 쏟아졌다.

다행히도 경선은 승리했고, 후보가 될 수 있었다. 경선만 끝나면 다시 고향으로 돌아가려고 했지만, 결국 본선거운동까지 돕지 않을 수 없었다. 비탈에 있는 감자밭과 배추밭을 다니며 선거운동을 하기 시작했다.

삼겹살에 소주 한잔을 마셔야 찍어준다는 어르신의 이야기를 들었다. 태백탄광의 광부들과 막걸리를 마시며 목숨 건 탄광 작업 이야기도 들었다. 오일장에서 전병을 40년 동안 팔아온 어르신의 말씀도 들었다. 이야기가 끝나면 찐감자를 손에 쥐어주는 사람도 있었다.

　이런 따뜻한 사람들의 많은 사랑을 받으며 선거운동을 했다. 푸대접받는 강원도를 위해서 진짜 일할 사람, 인물을 키워야 지역이 발전한다는 생각이 커져갔다. 정당이 아닌 인물론 바람이 불어오기 시작했다. 결과는 당선이었다.

발전소와 리조트 둘 다 하면 안 되나요?

2004년 국회의원 선거운동 때의 일이다. 연탄이나 석탄을 주 에너지원으로 삼았던 시절, 탄광 지역은 돈도 많이 돌고 인구도 많았다. 하지만 에너지원이 석유와 가스로 바뀌면서 많은 탄광이 문을 닫았다. 당연히 일자리가 사라지고 인구도 크게 줄었다. 대체 산업이 필요했다.

강원도 영월은 화력발전소냐 복합리조트냐로 갈등을 빚고 있었다. 지역 어르신들 중심으로 발전소 추진위원회가 추진됐고, 젊은 층은 지역 시민단체를 축으로 리조트라는 대체 산업 추진을 주장했다. 딱 둘로 쪼개져 있었다. 발전소 추진위와 대체 산업 추진위 어느 곳을 만나야 하나? 한 곳을 선택해야 하는 갈림길에 서 있었다.

하지만 이광재 후보는 두 곳을 다 방문하자고 했다. 캠프에서는 어떻게 두 곳을 다 설득할지 의아해했다. 답은 단순했다.

발전소는 환경단체의 반대가 있으니, LNG복합화력발전소 건설로 문제를 해결한다. 그리고 대체 산업으로 리조트를 개발하면 된다. 무조건 한 가지만 선택해야 한다는 생각의 틀을 깬 것이다.

복합화력발전소 건설과 리조트 건설, 두 가지를 다 하는 것으로 공약을 내세웠다. 그리고 두 공약 모두 현실이 되었다.

국회 보좌진 생활

처음 이광재 후보를 도와주기로 약속한 기간은 딱 2주였다. 갑자기 잡힌 경선 준비를 도와주는 것까지였다. 노사모 활동을 하며, 회원 배가운동을 하고, 신입회원들이 오프라인 모임에 참석하도록, 전화 연락을 담당한 내 경험이 유용하리라 생각했다.

강원도의 따뜻하고 마음씨 좋은 사람들, 산과 내가 아름다운 풍경이 좋았다. 심지어 연탄재가 수북이 쌓인 집 앞이나 검은 냇물이 흘렀다는 태백시도 정감 있게 다가왔다. 전라도 사람들이 푸대접을 받는다고 하소연하는 것과 강원도 사람들이 자기들은 아예 무대접이라고 말하는 것이 닮았다는 생각이 들고 공감되었다.

경선이 끝나면 광주로 내려가기로 했다. 그런데 경선이 끝나자 '어딜 가느냐고 본 선거 끝날 때까지 두 달만 더 해 달라'는 부탁이 들어왔다. 이왕 이렇게 된 거, 두달 후 총선까지만 열심히 도와주기로 했다.

　노력이 헛되지 않게 이광재 후보가 당선되었다. 이제는 정말 광주로 내려가기로 마음먹었다. 그런데 뜻밖에도 의원실 보좌진으로 국회에서 일하자는 제안이 들어왔다. 광주에서 낯선 서울로 거주지를 옮겨야 한다는 부담감도 있고, 당시 한의대를 가기 위해 공부를 더 해야 하나 고민 중이었던 시기여서 당혹스러웠다. 더구나 국회 보좌진은 문서를 많이 작성해야 한다는 것 정도는 알고 있던 터였다. 기계공학과 출신인 내가 잘할 수 있을지 의문도 들었다.

　그때 한 노사모 선배가 전화를 했다. "처음아, 나는 국회에서 일해 보는 것 괜찮다고 생각한다. 너는 늘 어려운 사람을 돕고 싶어 했고, 봉사도 하고 있지 않냐? 물론 한의사가 되어서 어려운 사람을 도울 수도 있지만, 의원을 돕고, 네가 하고 싶은 봉사를 법과 예산을 통해서 하면 훨씬 많은 사람을 도울 수 있지 않을까?"

　'아, 국회의원이 할 수 있는 입법과 예산 배정으로 좋은 일을 많이 할 수 있겠구나. 그러면 국회 보좌진 생활도 보람된 일이겠구나' 하는 생각이 들었다. 결국 국회에서 일하기로 했다.

　국회 생활은 만만치 않았다. 대학과 대학원을 다니며 논문을 써봤다고는 하지만, 솔직히 첫 상임위원회인 산업자원위원회 일을 하면서 아주 많이 헤맸다. 지식과 경험이 부족했다. 관련 논문을 꾸준히 찾아 보기 시작했다. 국회도서관에서 책도 빌리고, 따로 사기도 했다. 어느새 책상 위에는 관련 서적과 논문이 가득 쌓였다.

하루는 산업자원부의 어느 국장님이 저녁을 먹다가 물었다. "김 비서관님 책상에 쌓아놓은 책이랑 논문 다 볼 거예요?" "네? 내용을 잘 몰라서 공부를 해야 해서요." 그러자 그분이 소중한 조언을 해줬다. "그런 내용은 다 요청하면 정리해서 보내줍니다. 김 비서관이 논문 쓰는 것도 아닌데 다 볼 필요는 없습니다." 기본 내용은 숙지해야지만, 논문 쓰는 것과 국회에 제출할 정책안 작성은 다른 것이었다.

국회 첫 국정감사와 예결위 업무를 해야 하는데, 이광재 의원실은 정책 질의서만 쓰는 게 아니라 관련 정책보고서를 작성해야 했다. 질의서가 문건이라면 정책보고서는 책자로 도서관에도 보관된다.

처음 예결위 보고서를 쓸 때 경험이다. 교육 예산 관련 보고서를 써야 했다. 수많은 표와 어려운 내용을 파악하며 30여 쪽의 보고서 초안을 작성했다. 그런데 작성한 내가 봐도 무슨 뜻인지 모를 정도로 엉성했다. 당시 30대 후반의 이광재 국회의원이 보고서 초안을 보더니, 설명해주기 시작했다. 이광재 의원 스스로가 노무현 의원 보좌관 출신이라 보고서 작성의 어려움을 잘 알았기 때문이었다.

　예를 들어, 교육 관련 예산 보고서를 쓴다면, 먼저 OECD 국가별 교육 예산의 비중이 얼마인지 보아야 한다. 그리고 '우리나라 교육 예산이 전체 예산 중 얼마인지, 교육 예산 중 분야별 예산 비중은 얼마인지, 그중 초중고 예산은 얼마이며 세부적인 구조는 어떻게 되는지….' 20여 개의 표를 가지고 한 권의 보고서 쓰는 법을 배웠다. 이 요령을 익힌 후 국회 보좌진 생활을 하면서 수십 권의 정책보고서를 쓸 수 있었다.

　그 당시 의원실에서 직접 보고서를 쓰는 경우가 거의 없었다. 대부분 외부 필자에게 보고서를 의뢰했다. 그런데 이광재 의원실이 직접 정책보고서를 쓰니, 다른 의원실도 그렇게 해야 했고, 소속 보좌진들의 불만이 생겼다. 정책보고서를 쓰는 의원실로 알려지면서, 다른 의원실의 질타를 받기도 했다. 한참 국회 생활을 오래한 선배 보좌관들이 보고서 작성 노하우를 묻기도 했다.

　국회 보좌진 생활은 하루하루가 정신없이 돌아갔는데, 이광재 의원실은 가장 일을 많이 하는 방 중 하나였다. 주중에는 거의 매일 야근이었고, 때로는 남자 보좌진들과 함께 밤을 새우는 때도 있었다. 물론 어렵고 힘들었다. 그렇지만 한 사람의 몫을 충분히 해내고 싶었다.

　주말에는 지역구인 영월, 평창, 정선, 태백에 가서 사람들을 만나야 했다. 대학 다닐 때 소주 한 잔 못 마셨던 내가 폭탄주까지 마셔야 하는 일이 다반사였다. 이것도 참 어렵고 힘들었다. 그렇지만 여성이기 때문에 하지 못한다는 말을 듣기 싫었다. 반대로 지역민들이 예산 확보와 민원 때문에 정부청사에 오면, 같이 관련 공무원을 만나 설명하곤 했다. 평창에 있는 도암댐 민원과 관련해서 만나게 된 한수원 담당자와는 지금도 연락할 정도로 오랜 인연을 맺기에 이르렀다.

태백, 영월, 평창, 정선에 이동 빨래차를 예산과 기업 후원으로 만들어 어르신들 빨래 봉사를 하기도 했다. 지역아동센터 예산을 늘리고, 지원한 일도 기억에 남는다. '재정의 물꼬를 교육으로…'라는 슬로건으로 교육지원 조례 운동도 제안했고, 학교에서 쓰는 전기세 인하도 제안하기도 했다. 그리고 주말에는 국회 봉사단체인 소나무회 회원들과 함께 장애인 단체 목욕 봉사도 다니고, 정서 지원 활동도 했다.

국회 보좌진 생활은 아주 바쁘고 정신없이 돌아갔다. 2년에 한 번씩 선거가 있었고, 국정감사, 예결위 등 일은 끊임없이 이어졌기 때문이다. 이렇게 20대 후반과 30대 초반의 시간을 국회에서 배우고 일하며 생활했다.

국회 2년 차 때는 국정감사를 하면서 대상포진에 걸렸다. 하지만 내가 할 일을 남에게 미룰 수는 없었다. 약을 먹어가면서 마지막까지 책임을 다했다. 언제나 제 일만이 아닌 다른 사람들과 일까지 챙기고 도왔다.

그런 성격 때문인지 선거 때는 "관리킴", "김반장"이라는 별명까지 얻었다. 이렇게 나는 지역 주민들과 일하는 동료들에게 인정받기에 이른 것이다.

이광재 강원도지사 선거운동 때

초등학교 졸업 50대 아주머니도 이해하도록…

국회에서 보좌진 생활을 시작하며 배워야 할 것이 너무 많았다. 정부 각 부처에 자료요청을 해야 했다. 자료요청은 내가 아는 범위만큼만 할 수 있다. 그런데 자료 관련해서 담당 공무원이 내가 모르는 부분에 관한 문의를 하면 어떡하나? 걱정도 많았다. 2년 차까지는 그랬다. 휴대전화가 울릴 때마다 긴장이 될 정도였다.

정부 부처 자료들과 국회의 예산정책처, 입법조사처 자료를 보고, 전문가들에게 의견을 구한 후, 보고서를 작성해야 한다. 이해하지 못하는 분야의 내용이다 보니, 글이 길어지고 어려워졌다. 정리하는 내 자신도 이해하지 못할 정도였다. 문맥도 안 맞고, 사용하는 전문용어도 어려웠다.

이런 보고서를 보고, 이광재 의원은 보좌진 전체를 앉혀놓고 말했다. "우리 방 보고서는 너무 어려워, 너희들이 너무 똑똑한가 보다. 강원도 정선에 있는 초등학교를 졸업한 50대 아주머니가 읽고 이해할 수 있는 글을 써야 해. 그게 바로 정치인의 언어야." 글 쓰는 사람이 그 사안을 충분히 이해하고 정확히 알아야 쉬운 글을 쓸 수 있다. 몇십 페이지의 보고서를 한 장으로 정리하고, 한 줄로 요약할 수 있어야 한다는 뜻이다. 머리로는 이해했지만 실행은 참 어려운 일이었다.

그 후 글을 쉽게 쓰는 연습을 했다. 축사, 질의서, 보고서를 쉬운 글로 써보았다. 그 후 정책보고서를 쓸 때도 그대로 적용했다. 전문이론과 전문용어를 쓰는 대신 일상용어를 쓰고, 신문기사를 활용해 설명했다. 그전까지 보고서는 논문 수준의 어려운 표현들이 많았다. 처음에는 어려웠지만 잘 읽히고 이해되는 보고서 작성이 가능해졌다.

보고서를 작성할 일은 넘쳐났다. 산업자원위원회에서는 에너지 문제와 중소기업 정책, 문화관광체육위원회에서는 관광 문제와 축제 문제, 실버와 장애인 체육 문제, 법제사법위원회에는 4대강과 감사원법, 사법부를 흔들지 말라, 행정안전위원회에서는 지방재정 건전화 및 소방관 처우 개선 문제, 예산결산위원회에서는 교육과 복지 등등.

법사위 일을 할 때, '감사원 중립에 관한 보고서'를 본 당시 새누리당 중진 국회의원이 말했다. "'감사원법 제2조는 어디로 사라졌는가' 보고서는 감사원 직원들이 모두 필독해야 한다."

'사법부를 흔들지 말아야 한다'라는 보고서를 내고 나서는 한 국정감사에 배석했던 한 판사로부터 식사 제안을 받았다. '국회에 와서 보고서를 처음부터 끝까지 읽어본 유일한 보고서였고, 그 보고서 작성자에게 꼭 밥을 사고 싶었다'라고 했다. 다양한 분야의 보고서를 쓰는 것은 의정활동과 정책제안 등에서 많은 도움이 되었다.

산업자원위원회 현장 시찰

정책보고서 쓰는 법

국회 업무 중 가장 기본은 질의서 쓰기다. 국정감사, 상임위, 예결위, 대정부 질의, 인사청문회 등 모든 분야에서 국무위원과 담당 공무원, 대상자에게 질의를 한다. 질의서를 쓰기 위해서 끊임없이 자료를 요청한다. 그러면 정부 기관은 문제가 안 생길 자료를 우선 제출한다. 당연히 그것만으로는 부족하다. 보좌진들은 원하는 자료를 받을 때까지, 추가적 자료를 요청하고 요구한다.

질의서는 질의하고 답변을 받는 것으로 끝이 아니다. 다음 국정감사 때 반드시 확인한다. 질의 내용에 대한 회의를 몇 번 했는지, 관련 공문이 있는지, 질의 내용에 대한 진행률이 몇 퍼센트인지.

정책 제안을 위해서는 질의서는 물론 보고서도 쓴다. 이를 위해서는 각 부처의 기본자료, 예산정책처의 비용추계, 입법조사처의 해외 사례 등 다양한 자료를 파악해야 한다. 정책보고서는 크게 '현황, 문제점, 해외 사례, 대안' 형식으로 구성된다. 대안은 입법과 정책 제안을 중심으로 한다.

국정감사 기관 질의 시 보고서를 토대로 질의서를 쓰고, 국정감사 마지막 날에는 보고서를 한꺼번에 묶어서 기자실과 전체 의원실에 보낸다.

보고서는 쉽게 쓰는 것이 원칙이다. 국민들이 이해할 수 있도록 누구나 알기 쉽게 써야 한다. 2010년 MB 정부 법제사법위원회를 하면서 썼던 보고서는 다음과 같다. '영원한 피내사자, 스폰서 검사', '감사원법 제2조는 어디로 사라졌는가?', '4대강 감사는 사후약방문?', '피의사실공표죄! 형법 제124조는 죽었다', '과거사 반성없는 검찰, 피해자들은 두 번 운다', '흔드는 언론, 흔들리는 사법부?', '남북교류협력법 vs 국가보안법, 촛불에서 평양냉면까지'.

감사원 정치적 중립에 대한 보고서가 기억에 남는다. '감사원법 제2조는 어디로 사라졌는가?'라는 제목이었다. '감사원장이 대통령에게 수시 보고를 하며 감사위원회의 의결을 거치지 않았다'며 '이는 감사원법 제12조 위반'이라고 꼬집었다.

정책보고서에 따르면 감사원의 수시 보고에는 대인감찰자료 분석 비리점검, 민간단체 보조금 지원 실태, 고위공직자 직무 감찰 등 정권 코드 맞추기와 지방자치단체 감사에 대한 내용이 포함돼 있었다.

'특히 감사원장이 사안에 따라 대통령에게 메모 형식으로 보고했다고 하는데 이는 도저히 납득할 수 없는 행위다. 감사위원회의 의결도 메모 형식으로 받은 것 아닌지 의문이 든다'며 '대통령 수시보고 제도의 보완이 시급하다'고 지적한 보고서이다. 12년이 지난 2022년 또다시 감사원의 독립성과 정치 관여가 논란이 되고 있다. 과거의 잘못이 바로잡아지고, 반발자국이라도 앞으로 가야 하지만, 오히려 역행하는 것이 지금의 현실이다.

소주 원샷과 해 뜨고 세 잔 - 강원도의 따뜻함

　주중에는 서울 여의도에서 야근하며 정책보고서를 쓰고, 입법과 토론회 등 바쁜 나날을 보낸다. 주말은 강원도에 가서 지역 주민을 만나고 소통하는 시간이다. 초기에 강원도에 내려가면 서울에서 온 보좌진들에 대한 군기를 잡으려는 듯, 소주를 맥주컵에 3분의 2쯤 따르면서 "이거 안 마실 거면 내려올 생각 마시오"라고 했다.

　학교 다닐 때 소주 한 잔도 마시지 않았기에 순간 고민했다. 거절할까? 아니면 호기롭게 마실까? 잠시 고민하다가 그 맥주잔에 든 소주를 벌컥벌컥 마셨다. 그리고 곧장 뛰어가서 다 쏟아내고 다시 술자리로 왔다. 그 인상이 강했던지, 나에게 술을 권했던 청년회장은 오랜 시간 열심히 도와주는 사람 중 한 명이 되었다.

　평창 용평면에서 선거 캠프 활동자와 지지자들이 모여 술을 마신 적이 있다. 술을 마셔도 마셔도 끝이 나지 않았다. "이 술

자리는 언제 끝날까요?"라고 물어보자, 대답이 "해 뜨고 세 잔이요"였다. '해 뜨고 세 잔'이라는 말은 밤새워 마시고 해가 뜨고 난 후 세 잔을 마셔야 한다는 뜻이었다. 다행하게도 중간에 술이 떨어져서 새벽 3시 정도 술자리는 끝났다. 그렇게 초기에 강하게 나오셨던 강원도 청년과 어른들은 따뜻한 마음으로 함께하는 동지가 되었다.

2008년 여름휴가는 영월의 만경사에서 보내기로 했다. 비구니 스님들만 계시는 작은 절이었다. 큰스님은 묵언 수행 중이셨고, 작은스님과 보살님 한 분과 나랑 세 명이 절에서 지내면 되었다. 절까지 태워다 준 '광재사랑' 팬카페 지기 부부는 한참을 내려가지 못하고 함께 있었다. 막냇동생을 혼자 두고 가기에 발길이 안 떨어진다고 해질녘까지 함께하다가 갔다.

다음 날 새벽에 불공을 드릴 거라 마음 먹고 잤는데, 아침에 스님이 식사하라고 깨울 때까지 일어나지 못했다. 아침을 먹으면서 "스님, 내일은 새벽 불공드릴 때 꼭 일어날게요"라고 했다. 하지만 그다음 날도 아침이 다 돼서야 스님이 깨워 일어났다. 그다음 다음 날도 민망한 일이 벌어졌다. 스님은 웃으며 "보살님 쉬러왔으니 그냥 푹 자고 식사 때 맞춰 일어나세요"라고 했다.

절에 머무는 동안 낮에는 스님을 따라다니며 보리수도 따고 풀도 뽑고 하는데, 팬카페 회원들이 오전 오후로 찾아왔다. 찾아

와서 한참 이야기하다 돌아가거나, 어떨 때는 나를 데리고 읍내에 나가서 차를 사주기도 했다. 3일째 되는 날, 나를 찾아온 사람에게 스님이 "쉬러 온 사람, 조금 가만히 좀 두지. 하루가 멀다고 돌아가면서 찾아오면 쉴 수도 있겠냐?" 한 소리 했다. 어린 동생을 혼자 둔 것 같아 걱정되어서 찾아오는 지인들 마음도, 쉬러 온 사람 쉬게 내버려 두었으면 하고 생각해주던 스님의 마음도, 모두 고마웠다.

휴가를 마치고 서울로 다시 올라갈 때, 스님이 된장과 풋고추를 한가득 챙겨주었다. "보살님이 좋아하는 고추랑 된장 챙겼으니 서울에 가서도 맛있게 먹어요"라는 말과 함께. 나중에도 절에 갈 때면 그때 기억을 잊지 않고 꼭 된장과 고추를 챙겨준다.

강원도에서 만난 사람들은 따뜻했다. 선거 운동하러 내려가면 서울로 홀로 떠난 딸이나 조카처럼 안쓰러웠는지, 인삼을 갈아다 주고, 손수 뜨개질로 목도리를 만들어주고, 밤마다 야식을 챙겨서 보내주는 사람도 있었다.

2009년 이광재 의원 구속되었을 때도, 강원도 전역을 다니며 비가 오나 눈이 오나 탄원서 서명도 받아주고, 선거 운동하러 내려갈 때마다 서울에서 내려온 막냇동생 챙기듯이 챙겨주었던 따뜻한 사람들이었다.

사람이 살아가는 곳, 마음과 마음이 이어지는 곳, 강원도에서 정말 많은 것을 받았다.

남과 북 그리고 연탄과 나무

말도 많고 탈도 많은 국회 보좌진 생활은 정신 없이 지나갔다. 바쁘게 일하고 배우는 중에도 '좋은 일은 언제 하지? 봉사도 해야 하고, 나눔도 해야 하는데…'라는 생각이 마음 한구석을 떠나지 않았다. 무엇보다 국회의원을 보필하면서 어려운 사람을 도울 수 있다고 여겼는데 눈에 보이지 않는 것 같아서 속상했다. '보좌진 생활을 계속해야 하는가?'라는 고민까지 하기에 이르렀다.

그러자 선배 보좌관이 내 마음을 의원님에게 전달해주었다. 의원님은 어려운 사람들을 많이 도울 것이라고 약속해주었다. 그 후로 의원실에 들어오는 복지와 교육에 관련된 모든 업무를 내가 맡게 되었다.

2005년에는 폐광지역의 어려운 아이들이 방학에 마치 유학 같은 과외를 받을 수 있도록 주선하기도 했다. 지역아동센터 아이들을 지원하기 위한 예산 증액 등 여러 일들을 했다. 가장 보람 있었던 일은 정선의 예미초등학교와 지역난방공사와 일사일교를 맺도록 주선해 영어공부를 할 수 있도록 도운 것이다. 결국 강원도 산골의 작은 학교에서 전국 영어대회 최우수상을 받는 쾌거까지 이루었고, 일사일교의 좋은 모델이 되었다.

김형윤 이사장님과 이동섭 감사님, 원기준 목사님 등 많은 분이 활동하시는 '따뜻한한반도사랑의연탄나눔'이라는 모임과 연결되어 남북한을 가리지 않으면서 연탄을 보냈고, 나무를 심고 지원하는 일을 했다.

이때 여러 번 북한에 갔던 기억이 아직도 선명하다. 연탄이 가는 곳은 북한 고성군 온정리였다. 가까운 금강산 호텔에서 만나서 식사도 하고, 연탄 나눔을 했다. 봄에는 금강산 슬기넘이 고개와 개성에 잣나무를 심고 명찰을 달아주기도 했다. 북한은 석유가 석탄 연료가 부족해 아파트까지도 나무를 땔감을 사용하는 경우가 많다. 그래서 북한의 산들은 금강산 등 일부를 제외하면 벌거숭이이다. 북한에 연탄과 취사용 연료를 보내줘서 산에 나무를 심고 푸르게 만드는 것은 북한 어려운 이웃들에게 작은 희망을 줄 수 있는 일이라고 생각했다. 내가 하는 일은 아주 작지만 통일을 한발 앞당길 수 있는 일이라 생각하고 더욱 열심히 매달렸다.

북한과 연탄나눔 행사

북한에 나무심기 행사

1부 공간, 시간, 사람

북한의 안내원들은 착하고 순수했다. 연탄을 주면서, 묘목은 땔감으로 쓰지 말고 꼭 잘 키워서 산이 푸르게 우거지기를 바란다고 당부하기도 했다.

연탄 나눔 때면 5톤 트럭이 10대 이상 들어간다. 이때 봉사 차원에서 배달을 맡아주는 화물차주들이 있었다. 그중 한 노총각 화물차주는 금강산호텔의 말 잘하고 행동도 경쾌한 안내원을 마음에 두고 있다고 귀띔하였다. 금강산호텔에서 식사하는 시간 동안 그녀를 잠시 보기 위해서 연탄배달 봉사에 한 번도 빠지지 않고 온다는 것이었다.

계속 교류하고 소통했다면 남북의 좋은 인연이 열매를 맺었을지도 모른다. 하지만 이명박 정부 이후 남과 북의 관계는 경색되고, 연탄 나눔과 나무심기 행사가 중단되어 더 이상 북한에 들어갈 수 없게 되었다. 순박하게 웃던 노총각 차주와 북녘의 그 어여쁜 안내원이 생각나면 안타까워진다.

개성도 자주 왕래했다. 유명한 개성의 선죽교도 보고 개성고려박물관을 관람하기도 했다. 당시, 북한의 풍부한 지하자원을 남한이 개발하고, 남한은 지역난방공사에서 열을 지원하거나, 한수원에서 오래된 수력발전소 성능을 개선해 주자는 정책 제안을 했다. 제1, 제2의 개성공단과 남북 교류 협력으로 서로 왕래도 하고 경제 협력도 할 수 있기를 간절하게 바랐다. 그 바람은 여전하다.

민주평화통일 자문위원회의 제12기 청년 자문위원이 되어 마포구 '통일 웅변대회'를 준비하였다. 흥미롭게도 어렸을 때 반공 글짓기와는 반대되는 주제였다. 글을 준비하면서 많은 것을 느꼈다. 개성과 금강산에서 느꼈던 가슴 아픈 설움을 벗어내기 위해 광주시민들과 함께 작게나마 발걸음을 함께하고 싶다.

단종제 - 위안부 할머니들과 함께

2007년 '참살이'의 초청을 받아 단종제에 참가했다. 영월 단
종제는 매년 가는 행사였는데, 참살이에서 '나눔의 집' 할머니들
과 함께한다고 하니, 더 뜻깊은 여행이 될 것 같았다. 나눔의 집
은 일본군위안부 할머니들이 모여 계시는 곳이다. 2007년 단종
제는 의미가 특별한 축제였다. 조선의 27명의 국왕 중에서 국장
을 치르지 못한 유일한 임금인 단종의 국장을 치르는 행사였다.
단종대왕은 영월군민의 마음속 수호신이기도 하다. 550년 지난
임금의 장례식은 군민들의 관심을 불러일으켰다.

할머니들과 만나 인사를 하고, 할머니 한 분씩과 함께 다니기
로 했다. 나는 이옥선 할머니의 짝이 되었다. 할머니와 이야기를
나누며 손을 꼭 잡고 다녔다. 처음 간 곳은 장릉이었다. 단종의
능과 역사관 등이 있었다. 역사관에는 여러 고서적과 사육신과

생육신의 위패, 옛날 옷 등이 전시되어 있었다. 역사관을 둘러보고 나오니, 마침 국장에 참여했던 사람들이 쉬고 있었다. 할머니께서 그분들을 보고 싶다고 해서 그곳을 둘러보고 대화를 나눈 다음 식사 장소로 향했다.

점심은 강원도 특산물인 곤드레나물 국밥이었다. 지금은 제법 알려졌지만, 당시에는 그렇지 않은 음식이다. 처음 먹어봤는데, 약간 매콤하기는 했지만 맛있었다.

동강둔치는 단종제 관련 행사가 전부 치러지는 곳이었다. 그곳에서는 관현악단이 연주회를 열고 있었고, 북메우기 체험과 오카리나 만들기 체험 등 여러 행사가 벌어졌다. 면별로 차려진 주막에서 동동주와 먹거리, 특산물 등을 팔았다. 다리가 불편해서 못 나온 나눔의 집 할머니들이 생각나 감자떡과 도토리 호빵을 샀다.

영월 단종제에서 이옥선 할머니와 함께

그다음 일정은 180년 된 주천면의 고택 방문이었다. 집 주인 김주태 선생님께 집에 관해 상세한 설명을 들었다. 고택에 대한 설명을 듣고 집을 살펴보니, 몰랐으면 그냥 지나쳤을 것들의 의미가 느껴지고, 그만큼 더 애정이 생겼다. '아는 만큼 보인다'는 말을 다시 실감했다. 특히 오색 벽돌로 만든 벽면이 아주 인상적이었다. 궁궐에서만 할 수 있었다는데…. 500살이 된 밤나무와 150살 먹은 배나무도 기억에 남았다.

주천면의 주천(酒泉)은 한자로 술 주, 샘 천이다. 술이 끝없이 솟아 나오는 샘이 있어서 그렇게 불렀다고 한다. 그래서인지 그곳에서 마시는 동동주는 참으로 맛있었다. 할머니들도 너무도 맛있게 잡수셔서 정말 보기 좋았다. 여러 일정으로 피곤했을 할머니들도 고택의 마루에서 다리를 쉬면서 동동주와 메밀전을 즐겼다.

판운리에 있는 섶다리도 보러 갔다. 섶다리는 나무와 흙이나 모래로 만든 다리로 강 건너의 두 마을을 이어주는 통로였다. 아름다운 강가 풍경과 예쁘고 특이한 다리 모양으로 모두 즐거워했다. 할머니와 다리를 건너는데 다리가 너무 흔들거리고 무서워 건너고 싶지 않았다. 그러자 이옥선 할머니가 괜찮다고 나를 붙잡고 다리를 같이 건넜다. 할머니를 도와준다고 갔다가 오히려 내가 도움을 받았다. 할머니의 따뜻한 손에서 돌아가신 우리 할머니가 떠올랐다.

짧은 시간이었지만 할머니들과 함께한 의미 있는 시간이었다. 걸으면서, 할머니는 어린 나이에 일본군에게 끌려간 이야기와 힘들었던 삶을 담담히 이야기해 주었다. 아픈 역사의 장면이 생생히 그려지는 듯했다. 소중한 인연을 이어가기 위해 나눔의 집 후원 신청을 했다.

시간이 지나, 위안부 할머니 한분 한분이 돌아가셨다. 한번은 영등포 근처의 위안부 할머니 장례식장에 간 네티즌이, 빈소를 찾는 사람이 없다는 글을 올렸다. 국회에서 멀지 않은 곳이기에 일을 끝내고 사무실 직원과 함께 장례식장에 찾아갔다. 한산한 식장에는 할머니의 남동생 내외와 조카며느리와 조카 손자가 지키고 있었다.

온라인에 올라온 글을 보고 온 네티즌이라고 조카며느리에게 말씀드리고, 식장을 함께 지켰다. 조카들도 고모가 일본군 위안부 피해자인 것을, 장례식을 치르면서야 알았다고 했다. 그전에는 '평생 홀로 사는 고모가 어떤 사연이 있겠지'라고 생각했을 뿐이라고 했다.

썰렁했던 장례식장에 장관과 국회의원들의 조화가 오기 시작했고, 인터넷을 통해 할머니의 마지막을 인사하기 위해 오는 시민들이 줄을 이었다. 음식을 대접하는 나에게 할머니와 어떤 관계인지 묻는 사람들이 있었다. 조카며느리가 '이분은 일반 시민인데 일찍부터 오셔서 돕는다'고 설명했다. 그렇게 늦은 밤까지 장례식장을 지키다가 귀가했다.

거창한 일은 할 수는 없지만, 작은 일이라도 실천하며 살아가려고 노력하고 있다. 매번은 아니지만 수요집회에 참여하고, 일본군 강제징용 피해자를 위한 후원에 동참했다. 작은 힘이 모이면 세상이 조금씩 변해 갈 것이다. 과거를 잊은 민족에게는 미래가 없다고 한다. 과거의 역사를 기억하고, 현재를 정확히 판단하고, 미래를 준비해가는 우리가 되기를 희망한다.

2007년 수해와 여름휴가

2006년 7월 큰 수해가 났다. 산사태로 삶의 터전이 사라지고 인명피해도 크게 일어났다. 강원도, 경기도, 전라남도까지 전국적으로 큰 수해를 입어 수해 복구에 정신이 없었다.

그 당시, 수해 현장에 가장 필요한 것은 특별재난지역 선포였다. 노무현 대통령은 국무총리, 안전행정부 장관 등 최대한 많은 정책 결정자에게 현장을 보고, 피해 실태를 파악하고, 특별재난지역 선포가 조속한 시일 내에 이루어지도록 했다.

강원도 수해 현장을 방문한 노 대통령은 복구 방안 마련을 위한 신속한 노력을 약속했다. 정부가 특별재난지역으로 선포한 곳은 전국에 걸쳐 모두 18개 시군이었다. 특별재난지역은 수해 복구비의 최고 80%까지 중앙정부의 국비 지원이 가능하다. 속도감 있게 진행되는 과정을 보면서, 일에 대한 해결을 어떻게 해야 하는지, 리스크는 어떻게 대응하는지를 고민할 수 있었다.

평창과 영월 수해 현장 봉사를 갔다가, 해외로 가기로 한 여름휴가를 취소하고, 수해 복구에 전념하기로 했다. 수해로 삶의 터전을 잃은 지역 주민을 두고, 휴가 가는 것은 마음이 편치 않았다. 함께 가기로 했던 일행들도 흔쾌히 동의했다. 복구 활동을 하며 거대한 자연재해 앞에서 나약할 수밖에 없는 인간을 보았다. 하지만 삶의 터전을 회복하는 데 함께하는 사람들의 묵묵한 땀을 보며 인간의 가능성도 느꼈다.

어려움 속에서 새 희망이 솟아나는 것일까? 흙탕물에 다 젖어버린 이불과 옷들을 보다가 '이동 빨래차'를 생각했다. 취약 계층을 위한 이동 빨래차 사업이 생겨나는 순간이었다. 여름 휴가철이었는데, 처참하게 홍수 피해를 입어 강원도로 놀러 오지 않으면 어쩌나 걱정스러웠다. 그래서 의원실에서는 '강원도 농산물 사 주기'와 '여름휴가는 강원도로 오세요'라는 캠페인을 벌이고, 신문에 기고도 했다.

흙으로 덮인 삶의 터전을 한 삽, 한 삽 걷어내는 작은 힘을 보면서 인간의 위대함을 느꼈다. 한편 수해 복구를 위한 정책을 보면서, 국민을 위한 정책을 펼칠 때는, 현미경처럼 세세한 시각과 크게, 멀리 보는 망원경 같은 시각도 동시에 필요하다는 것을 배웠다.

북한 수력발전소 개선 사업과 지하자원 개발

　김대중과 노무현 대통령 재임 시절, 남북 화해 분위기는 높아졌다. 김대중 대통령과 김정일 국방위원장 간의 정상회담이 열렸고, 개성공단과 금강산 관광 등 남북 교류의 물꼬가 트였다. 이 덕분에 김대중 대통령이 노벨평화상을 받는 경사도 있었다. 국회에서도 남북 평화를 항구적으로 이루기 위한 제안이 여러 분야에서 다양하게 나왔다. 그중에는 평창 동계올림픽 남북 공동 개최 제안, 북한의 지하자원을 개발하기 위해 한국의 공기업들의 진출과 협력에 대한 제안도 있었다.

　북한과의 다양한 교류 활동을 위해 작성한 제안서 가운데, 가장 기억이 남는 것은 '북한 DMZ를 평화접경지대로 만들어야 한다'는 것이다. 이 제안은 대정부 질의를 통해 공식화되기도 했다.

중장기적 북한경제개혁방향과 향후의 에너지 문제에 대한 제안도 했다. 경제개혁방향 제안과 함께 북한 전략적 경제협력으로 북한 에너지 인프라 구축과 함께 남북한 에너지 표준을 통일하자는 제안도 있었다. 남북한 쌍방이 공동으로 동시베리아와 연해주에 묻힌 석탄과 가스개발, 자원입지형 전력 산업(종합 에너지기업) 진출과 대북 송전 등 에너지 협력과 에너지 안보에 대한 제안도 했다.

북한 에너지 체계 개선 및 에너지 안정 공급을 위한 국제적 접근을 위한 남북한 물류 체계 통합을 추진한 다음 가스와 석유를 나르는 남북 관통 파이프라인 건설하고 한미일중러와 EU, ASEAN 협력, ABD(아시아개발은행), World Bank과 개발펀드 결합 등에 대한 제안서도 의원실에서 작성했다.

북한에는 풍부한 지하자원이 있기에, 우리가 개발하는 것을 조건으로 ODA(Official Development Assistance, 공적개발원조) 사업처럼 한수원은 북한의 수력발전소를 효율화시켜 주고, 도로공사는 도로를 정비해주며, 한국지역난방공사는 열을 보내주는 협력 사업을 산업자원부에는 제안했다. 모두 서로 도움이 될 방법이라고 생각했다.

사업이 진행되었다면 지금의 남과 북의 관계는 어떻게 변했을까? 남과 북이 서로 소통하고 왕래만 할 수 있어도 희망은 있다. 우선은 서로 만나고 소통할 수 있는 통로를 만들어야 한다.

중국 공청단과 스타크래프트

내가 국회에서 맡은 행사를 지금까지 진행하고 있는 것은 IEF(Internaltional E-culture Festival)이다. IEF는 2003년, 한·중 정상의 공동성명을 통해 2005년에 CKCG(China Korea Cyber Games)라는 이름으로 시작하였다. 중국의 공청단(공산주의청년단)과 우리나라의 젊은 국회의원들의 인적 교류와 경제 교류를 비롯하여 이스포츠(E-Sports)인 '스타크래프트'와 '리그 오브 레전드' 등을 매개로 청소년 교류까지 진행하는 행사이다.

2005년 이광재 의원이 한국 초대 조직위원장으로 취임했고, 저우창(周强) 공청단 중앙 제1서기가 중국 초대 조직위원장을 맡았다. 그는 현재 최고인민법원장, 즉 우리나라의 대법원장이다. 첫 대회는 베이징에서 개최되었다.

2006년에는 IEF로 이름이 바뀌어 상해에서 개최되었다. 후춘화(胡春華) 중국 공청단 중앙 제1서기가 제2대 조직위원장을 맡

앉다. 그는 훗날 부총리까지 올랐다. 이 행사는 한국과 중국을 오가며 진행되었고, 2007년에는 강릉 경포대에서, 2008년은 우한, 2009년은 수원, 2010년은 우한, 2011년은 용인에서 열렸다. 후춘화와는 2014 평창동계올림픽 유치에 대한 중국 측 지원 등 상호 협력방안에 대해서도 논의했다.

2007 IEF 행사

김택용, 송병구 선수 경기 소식을 기사로 접했다. 2008년 태백에서 국가대표 선발전이 진행될 당시 국가대표로 선발된 김택용, 마재윤, 이영호, 조기석(이상 스타크래프트), 박준, 장재호, 오정기, 윤덕만(이상 워크래프트), 이스트로, 루나틱하이(이상 카운터스트라이크)는 출전 선언을 통해 한·중 대항전에서의 필승을 다짐했다.

IEF 대회에 참가했던 김택용 선수는 대한민국을 대표하는 스타크래프트 게이머였다. 역대 최강의 프로토스 선수로 평가받는다. 당시 스타크래프트 선수는 유명 연예인 못지않게 인기가 많았다. 선수들 사인을 받아달라는 것이 민원 중 하나였을 정도다. 20대 초반의 국가대표 선수들이 15년여가 지난 지금도 각자의 위치에서 활동하고 있다.

문화 교류도 다양하게 진행했다. 매년 홍보대사와 출연 가수도 최정상급이 함께했다. 기억나는 가수만도 소녀시대, 장나라, 이정현, 노브레인, 샤이니, 손담비 등이었다.

중국의 젊은 정치 지망생들과도 만났다. 2007년 강릉대회에서 만난 한 중국의 공청단 청년이 나에게 서로 10년 후에는 각국을 대표하는 정치인이 되어서 만나자고 했다. 10년이 훨씬 지난 지금, 그 청년은 어떤 모습으로 살아가고 있는지 궁금하다.

스타크래프트 이윤열 선수와 함께

악몽 그 자체였던 2009년

2007년 12월 19일 이명박 대통령이 당선되었다. 노무현 대통령은 모든 시스템을 잘 체계화했으니, 다시 과거로 회귀할 수 없을 것이라고 했다. 그렇지만 현실은 달랐다. 대한민국이 거꾸로 흐르는 시계처럼 급히 돌아갔다. 전 정부에서 진행되었던 사업들이 손바닥 뒤집듯이 엎어졌다. 불과 6개월 전에 낸 정책이 같은 부처에서 전혀 다른 보고서를 내기도 했다. 전 정권에 대한 검찰의 칼날이 다가오기 시작했다.

든든한 울타리였던 아버지는, 2009년 4월 세상을 떠났다. 북한산 산행을 앞둔 토요일 오전 갑작스러운 연락을 받았다. 아버지와 이별을 준비하지도 못했다. 서울에서 완도 가는 길은 너무나 멀고도 멀었다. 아침 9시 연락을 받고, 완도 장례식장에 도착한 시간이 오후 3시였다. 완도 내려가는 길에 많은 생각을 했다.

아버지에 대한 미안함이 밀려왔다. 뇌출혈로 오른쪽 거동이 불편했지만, 막내딸 결혼식에는 아버지가 손을 잡고 들어가야 한다고, 걷기 연습을 하고, 제일 좋은 것을 다 해주겠다던 아버지였다.

3월 어머니 생신 때 만난 아버지의 모습이 마지막이었다. 오빠네 가족부터 언니네 가족까지 아버지를 만나러 갔는데 침대에서 자식들이 오는 것을 보고 밝게 웃던 아버지가 마지막 막내딸인 내가 들어가서 벌떡 일어났다. 서울에서 내려올지 몰랐던 막내딸이 오니 반가워서였을까? 올케언니가 "아부지는 우리는 다 쭉정이고 막내만 찐 알맹이네"라고 농을 하기도 했다. 그렇게 아버지가 사랑했던 막내딸의 남편을 못 보고 가시게 한 것, 임종을 보지 못한 것 너무나 미안하고 아픔이었다.

불행은 혼자 오지 않는다는 말이 있다. 2009년은 정말 나에게는 비극적인 해였다. 사랑하는 노무현 대통령님이 이명박 정부의 시퍼런 칼날에 의해 희생되고 말았다. 5월 23일에 벌어진 평생 잊지 못할 비극이었다. 15년이 다 되어가는 지금도, 5월 23일의 분 단위까지 기억할 정도로 생생하다.

새벽부터 울려댔던 전화. 이른 아침 영등포 교도소에 수감되어 있던 이광재 의원과 면회하고, 오후 봉하로 급하게 움직였다. 2008년에 이 의원과 함께 봉하에 간 적이 있다. 노 대통령의 고향 봉하마을에 간 적은 처음이었다. 그때 많은 사람이 그분을 보기 위해 모였고, 그분도 참 행복해 보였다. 그러나 '봉하의 봄'은 너무 짧았다. 일주일간 이어진 장례 기간 내내 봉하에 있었다. 전국에서 모인 노사모 회원들을 오랜만에 만났다. 서로 과거를 추억하기도 했지만, 맨정신을 유지하기 힘들어 술에 취하고 슬픔에서 헤어나지 못한 사람도 있었다.

그 당시 이광재 의원이 썼던 '꽃이 져도 그를 잊은 적 없다'라는 글이 마음 깊이 와닿았다. 옥중에서 보낸 편지를 타이핑하면서 얼마나 울었는지 모른다.

> 21년 전 오월 이맘때쯤 만났습니다.
> 42살과 23살 좋은 시절에 만났습니다.
>
> 부족한 게 많지만 같이 살자고 하셨지요.
> 사람사는 세상 만들자는 꿈만 가지고
> 없는 살림은 몸으로 때우고
>
> 용기 있게 질풍 노도처럼 달렸습니다.
> 불꽃처럼 살았습니다.
>
> (…)
>
> 꼭 좋은 나라 가셔야 합니다.
> 바르게, 열심히 사셨습니다.

이젠 따뜻한 나라에 가세요.
이젠 경계인을 감싸주는 나라에 가세요.
이젠 주변인이 서럽지 않은 나라에 가세요.

(…)

살아온 날의 절반의 시간
갈피갈피 쌓여진 사연 다 잊고
행복한 나라에 가시는 것만 빌겠습니다.

죄송합니다!

사랑합니다!

행복했습니다!

(…)

끝없이 눈물이 내립니다.

장맛비처럼…

1부 공간, 시간, 사람

노무현 대통령 장례식 1

노무현 대통령 장례식 2

충격을 받고 슬픔에 빠진 시민들이 봉하로 몰려들었다. 따가운 오월의 햇살 아래 긴 줄을 선 국민들에게 소나기가 내리기 시작했다. 그럼에도 수천 명 중 단 한 명도 줄을 이탈하지 않고 그 비를 그대로 맞으며 서 있었다. 그 장면을 본 순간 '노무현 대통령은 국민들 마음속에 영원히 남을 수 있겠구나'라고 생각했다.

결국 노 대통령 장례식에 참석해 어린아이처럼 목 놓아 울던 김대중 대통령도 석 달도 견디지 못하고 8월 18일에 떠나고 말았다. 김대중 대통령을 보내는 국장의 날. 그날 나는 말 그대로 생부, 그리고 정신적·정치적 아버지를 모두 잃고 말았다. 백여 일 남짓 만에.

선거혁명 - 2010년 강원도지사 선거

2010년 이광재 의원이 강원도지사 선거에 출마했다. 선거운동을 위해 춘천으로 갔다. 상황은 정말 좋지 않았다. 2심 재판은 진행 중이었고, 상대 후보는 막강했다. 방송국 아나운서 출신으로 전 국민이 아는 대통령급 인지도를 지닌 인물이었다. 상대 후보와 더블스코어 이상의 지지율 차이로 시작했다.

'낮은 캠프'라는 이름으로 천막 캠프를 만들었다. 최소의 인원이 캠프를 운영했다. 의원실 직원과 중앙에서 일했던 강원도 출신 2~3명이 합류했고, 도당 직원들이 전부였다.

그때 선거에서 가장 기억에 남는 것은 사진 한 장의 가치와 중요성이었다. 당시 사진사는 노무현 정부 시절 청와대에서 근무하던 분이었다. 그는 이 후보의 가장 좋은 모습을 찍어 올렸는데, 그 사진들은 강원일보, 강원도민일보 등 강원도 지역 언론의 1면을 장식했다. 그 덕분에 우리 후보의 진정성을 더 잘 전달한 사진을 신문에서 만날 수 있었다.

강원도민의 한과 여망을 담아낼 그릇으로 '강원도를 대한민국 중심에 서게 하겠습니다', '강원도-출신 대통령'만큼 단순하고 강렬한 메시지는 없었다. 선거는 대통령을 꿈꾸는 후보와 도지사를 꿈꾸는 후보로 흘러가기 시작한 셈이다. 수도권, 충청권, 영남권, 호남권 그리고 기타 도로 불리는 그 서러움의 감정선을 건드렸다. 지역구의 지도를 바꿀 정도로 일을 해냈고, 성실하고 진심으로 의정활동에 매진했고 결과를 이루어낸 것도 이유였다. 국회의원 지역구였던 태백·영월·평창·정선을 중심으로 바람이 불기 시작했고 그 바람이 원주와 춘천, 강릉으로 퍼져나갔다.

사람으로 할 수 있는 것은 다 해보자는 심정으로 했다. 다행히도 유세현장 분위기가 좋았다. 후보가 거의 아이돌급으로 인기가 좋았다. 낮은 캠프는 꾸준히 상승하는 분위기였다. 절대 네거티브하지 않는다는 마음으로 선거운동을 했다. 하지만 상대 후보는 결국 마지막 방송 연설에서 네거티브를 심하게 했다. 그러자 한 어르신이 우리 캠프에 전화를 해 상대 후보에게 화를 냈다. '왜 강원도 사람들끼리 안 좋은 소리를 하느냐?'라며 상대 후보가 잘못했다고 나무라는 전화였다.

당시 내 업무는 홍보와 하고 사무실을 전체적으로 챙기는 것이었다. 그 당시 별명이 '김반장'이었다. 무슨 문제가 생기거나 궁금한 게 있으면 모든 사람이 찾았다. 한번은 친구들이 춘천에 응원하러 왔다가 나를 보고 '얼굴이 검다 못해 푸르더라'라고 했다. 긴장감 속에서 최선을 다해 선거를 치러야 하는 그 간절한 마음이었다. 노무현 대통령이 떠난 이후 새 길을 모색해야 할 때였다.

강원도민의 마음을 얻어, 9회 말 투아웃에서 역전의 기회를 얻었다. 2009년 강원도민은 10만 장의 탄원서를 썼다. 이명박 정권 당시 이 의원은 정치자금법 위반 혐의로 재판 중이었다. 비가 오나, 눈이 오나, 바람이 부나, 강원도민들은 법정 진실 규명을 위한 탄원서를 받으려 애썼다. 강원도민은 10만 장의 탄원서로 마음을 전달했다. 그리고 특이하게도 강원도민들과 이 의원은 자필로 편지를 주고 받았다. 흰 편지지에 군대 이후에 처음 편지를 쓰다던 세 아이를 둔 어머니, 그 편지를 배달하다가 감동해 편지를 쓰게 된 집배원 아저씨, 문학소녀였던 40대 아주머니의 마음이 모아졌을 것이다.

강원도민은 강원도의 미래를 위한 희망과 변화, 그리고 일꾼을 선택했다. 이 과정이 나중에 《이광재와 선거혁명》이라는 책으로 나왔을 정도로 인상적인 선거였다.

강원도지사 인수위 — 교육복지팀

강원도지사에 당선되고, 안정적인 도정 운영을 위해 인수위는 행정기능 중심이 아닌 철저히 정책 중심으로 구성했다. 기본 구성은 강원도청 파견 공무원, 교수, 강원연구원 등 전문가 그룹, 시민단체, 의원실 및 캠프 관계자였다. 인수위는 공약을 구체화하고, 실현가능성을 높이는 데 힘을 기울였다.

교육복지팀 인수위 업무를 하면서 교육과 복지 관련 공약을 점검했다. 교육복지팀장은 연세대학교 원주캠퍼스 의대 고상백 교수였다. 존경받을 만한 신사로 친절하고 겸손했다. 음악과 미술을 비롯한 다양한 분야에 박식한 분이기도 했다. 2주쯤 같이 일하면서 많은 것을 배울 수 있었다.

인수위는 18개 시군을 다니면서 기초단체장들과 대화를 나누고, 현장을 다니면서 현장의 목소리와 애로사항에 귀를 기울이는 도지사가 되기 위한 첫 발자국이었다.

'행복지수 1등 강원도 건설'을 위한 실천 전략으로 가장 중요한 것은 '일자리', '교육', '복지' 문제였다. 일자리를 만들어내기 위한 조건을 갖추기 위해 '강원도에 있는 국공유지 현황에 대한 전면 실태조사'를 우선적으로 실시할 것이고, 복지에 강한 강원도를 만들기 위해 복지수요에 대한 전수 실태조사 추진계획을 세웠다.

　　짧은 시간이었지만 강원도지사 인수위에서 도청, 강원개발공사, 연구원, 학계, 시민단체 등과 함께 정책을 만드는 좋은 경험을 했다.

강원도지사 인수위 - 행복한 강원도, 미래 과제 추진위원회 교육복지팀

김장나눔

　'대한민국의 중심으로 우뚝 선 강원도를 이루겠다'는 이광재 도지사의 포부는 이루어지지 못했다. 대법원의 유죄 확정 판결로 8개월 만에 도지사에서 물러나야 했기 때문이다.

　하지만 그의 꿈을 포기할 수는 없었다. 이 지사 주변 사람들은 영월에 '우계헌'이라는 공간을 만들고, 희망더하기공간나눔이라는 사단법인을 세웠다. 어린이들과 선생님들에게 쉴 공간을 나누고 희망을 키우자는 의미에서 만들어진 법인이다.

　나는 법인의 이사를 맡았다. 지역아동센터 어린이들 캠프 활동을 하기도 하고, 프로그램 지원도 하며, 어르신들 문해 교육도 지원하고 있다. 조부모와 사는 어린이들은 글을 잘 읽지 못하고 쓰지 못하기 때문에 어려움을 겪는다는 소식을 듣고 처음으로 시작한 문해교육이었다.

이사로 활동하면서 겨울의 시작과 함께 늘 준비하는 것이 겨우내 먹을 김장이다. 1,000포기의 김장을 담그기 위해 며칠 전부터 양념과 절인 배추, 김장 봉사단과 함께 먹을 음식을 준비해야 했다.

이 일에는 여러 사람의 도움이 있었다. 김장 후원금을 내는 사람, 각 지역에서 맛있는 음식을 보내주는 사람, 행사 당일 김장할 장소를 정리하고, 김장독을 묻을 사람 등등.

김장 김치가 배달되는 곳은 지역아동센터와 어려운 이웃들이다. 김장철에 받은 김치가 떨어질 때 되는 3월에 2차 김치 배달을 하기도 한다. 김장하면서 오랜만에 만난 많은 분과 이야기를 나누고 행복한 시간을 보냈다. 앞으로도 공간을 나누고 희망을 더하는 사회가 되었으면 좋겠다.

영월 희망더하기공간나눔 김장봉사

청년비례대표 출마와 6g짜리 배지의 무게

    2012년 통합민주당에서 청년비례대표제를 도입하기로 결정했다. 청년 4명을 비례대표로 배정한 것이다. 20대와 30대 남녀를 선택해서 비례대표 안정권에 배치하겠다는 취지였다. 국회, 청와대, 민주당에 있는 지인들이 내게 청년비례대표에 출마했으면 좋겠다는 제안을 해왔다.

    "막상 정치를 하면, 나 자신은 행복하지 않을 것 같아." 이런 속내를 털어놓자 한 동기가 말했다. "정치는 자신이 행복하기 위해서가 아니야. 다른 사람이 행복하기 위해서 하는 것이고, 네가 우리 중에 다른 사람의 행복을 위해 가장 정치를 잘할 수 있는 사람이라고 생각해서 출마하라고 하는 것이야." 그 말에 딱히 반박할 말이 없었다.

    이 말에 자극과 격려를 받았고 출마를 결심하기에 이르렀다. 하지만 마음 한구석에는 "30대 초반, 국회의원이 되어서 정말 잘

할 수 있을까? 최다득표자는 최고위원까지 한다고 하는데, 후배들에게 길을 만들어주는 의정활동을 할 수 있을까?" 하는 의구심은 계속 있었다. 하지만 도전하기로 했다.

중국 칭화대에서 공부하고 있던 이광재 전 지사도 열심히 하라고 많은 지원을 해주셨다. PD, 카피라이터, 메이크업 아티스트, 콘텐츠 제작업체, 노조까지 다양한 분야에서 생각지 못한 많은 사람이 도와주겠다고 발 벗고 나섰다.

30대 초반에 불과한 나를 돕겠다고 하는 사람들이 이렇게 많구나. 고마운 생각뿐이었다. 살아온 삶을 되돌아보는 시간이었다. 참 고맙고 미안했다.

1차는 서류 전형이고, 2차는 면접이었다. 면접 때 '왜 출마를 했는지? 어떤 정치를 하고 싶은지?'에 관한 물음이 나왔고, 그 이유를 담담하게 이야기하였다.

3차 평가는 청년정치캠프 합류였다. 당연히 결선까지 갈 거라고 많은 사람이 생각하고 있었고, 청년정치캠프만 통과하면 선거는 걱정하지 말라고 할 정도로 분위기가 좋았다.

하지만 막상 나는 청년정치캠프에 가기 전부터, 국회의원이라는 자리가 주는 부담을 느꼈다. 국회의원을 상징하는 6g 배지의 무게가 얼마나 큰지, 어렵게 얻은 결과이기에 실수 없이 잘해야 하는지 알았기 때문이다. 청년정치캠프에 들어가자, 심리적으로 흔들리기 시작했다.

"내가 완벽하게 잘할 것이 아니면, 본선까지 가지 않는게 낫지 않을까?"라는 생각까지 들었다. 결국 스스로에 대한 확신이 없었기에 최선을 다하지 못했으며, 청년비례 결선에도 나가지 못했다.

그 후로 많은 사람이 나더러 '그때부터 정치를 했어야 한다'고 이야기한다. 기회가 없는 것은 아니었다. 민주당 청년중앙위원 제안도 있었다. 하지만 다른 사람을 추천하고, 더 잘할 수 있는 사람에게 양보하는 것이 맞다고 생각했다.

'청년의 목소리를 전하고, 청년의 말들을 경청하고 공감하고 소통하는 세상을 위해 그 자리에 있었다면….' 가끔 이런 생각도 한다. 지금도 그 당시 결정과 결과에 후회는 없다. 내 스스로에 대한 확신이 없는 상태에서 이겨내지 못할 무게를 짊어지는 것보다는 스스로 확신이 서 있을 때, 뜻을 펼치는 것이 사회를 위해서도 나 자신을 위해서도 좋다.

그때 제출한 문서들은 복기해보았다. 10년이 넘게 지났는데도 출산, 보육, 취업, 부동산 등등 수많은 문제들이 해결되지 않았다. 당시 제안서 내용을 지금 그대로 써도 될 정도다. 그 사이 문재인 정부도 있었으니, 민주당의 책임도 결코 가볍지 않다.

청년비례대표 출마 영상

4장

평범한 회사원 생활

한국만화영상진흥원의 1년

　나에게 첫 직장인 국회는, 솔직히 일반적인 직장이라고는 할
수 없었다. 나는 보통 시민들이 다니는 직장에 다니고 싶었다. 그
리고 보다 다양한 세계를 접해야 한다는 결심을 했다. 결국 10여
년간의 국회 생활을 정리했다. 그리고 한국만화영상진흥원(이하
진흥원)에 지원했다. 이곳은 만화 정책을 수립하고 지원하는 곳
으로 나는 정책 업무를 맡았다.

　진흥원은 경기도 부천시에 있었다. 만화계와 부천시와 협업
하여 이사회를 운영하는 문화기관의 업무는 새로운 경험이었다.
더 정확하게 이야기하자면, 그동안은 예산을 심의하는 입장이었
는데, 이제는 예산안을 올리고 집행과정에 관여하는 입장으로
바뀐 것이다.

　가장 적응이 어려웠던 부분은 정해진 양식의 자료만 써야 한
다는 점이었다. 국회에서는 내가 정한 기준으로 자료를 받을 수

있었다. 그 습관 때인지 무의식 중에 부천시나 문화관광부에서 요청한 자료를 내가 익숙한 방식으로 편집 형식을 바꾸었다. 그런데 양식을 바꾸면 안 된다는 답이 돌아왔다.

이런 시행착오 끝에 예산에 맞는 기안과 집행 등을 배웠다. 그것이 현장 행정이었다. 국회에서는 정책과 입법 업무만 주로 해서 구체적인 행정 업무를 알기 어려웠다. 진흥원 일을 하면서 예산이 부처에서 어떻게 짜여 올라오는지, 어떻게 예산 관리를 하는지 알 수 있는 좋은 경험이었다.

한국만화영상진흥원 근무 시절 작가님이 그려 준 캐리커처

문화도시를 표방하는 부천시가 내세운 것 가운데 하나가 만화였다. 부천에 사는 만화가들도 많고, 작업할 수 있는 만화창작 스튜디오가 있었다. 만화가 제9의 예술이라는 것은 이때 처음 알았다. 참고로 제1의 예술은 연극, 제2의 예술은 회화, 제3의 예술은 무용, 제4의 예술은 건축, 제5의 예술은 문학, 제6의 예술은 음악, 제7의 예술은 영화, 제8의 예술은 사진이다.

2014년에는 프랑스 앙굴렘 국제만화페스티벌에는 일본군 위안부 만화 기획전 '지지 않는 꽃'이 열렸다. 특히 2014년은 제1차 세계대전 발발 100주년을 맞이하는 해로, 전쟁의 참상을 주제로 이 기획전이 딱 맞아떨어졌다. 20편의 작품과 동영상이 출품됐고, 한국을 대표하는 이현세, 박재동 화백과 박건웅, 김금숙, 신지수 등 유럽에서 인지도가 높은 작가 등 19명의 만화가, 일러스트레이터가 참가했다.

이 전시회는 남녀노소를 가리지 않고 전 관람객에게 일본군 위안부 문제에 대해서 환기하는 역할을 했다.

이를 보며 콘텐츠(만화)의 큰 힘을 느꼈다. 콘텐츠 하나가 책이 되고, 영화와 드라마가 되며, 게임으로 만들어지고, 다양한 캐릭터 제품으로 진화한다. 원소스멀티유즈(one source multi-use, OSMU)의 원천이다.

인터넷이 보급된 이후 만화는 웹툰 시장으로 바뀌고, 2010년대 이후 급속도로 성장하였다. 이 대변환의 시기에 진흥원에서 만화와 웹툰 관련 일을 할 수 있어 행운이었다.

진흥원에서 주관하는 '부천국제만화축제(BICOF)'의 경험도 잊을 수 없다. 자타공인 국가대표 만화 전문 축제인 이 행사에서 글로벌 세미나를 개최 각국 전문가들과 소통하였다. 또한 웹툰 세계화를 위해서 중국 국가신문출판광전총국(광전총국) 산하 유일한 공기업인 중국신문출판미디어그룹유한공사(CMG)와 전략 합작에 관한 업무 협약(MOU)을 체결했다. 중국 연태시와 만화를 주제로 교류하기도 했다.

진흥원에서의 근무는 1년 남짓이다. 길다고는 할 수 없지만, 국회를 나온 첫 직장이어서 감회가 남달랐다. 만화, 만화 문화, 만화 정책에 관해서도 지식의 지평을 넓힐 수 있는 뜻깊은 시간이기도 했다.

삼양식품

한국만화영상진흥원 다음으로 일한 곳은 '삼양식품'이었다. 사기업으로서는 첫 직장이다. '삼양식품'은 우리나라 최초로 라면을 만든 회사이다.

삼양식품 문화홍보실장으로서, 업무는 네 가지였다. 첫째, 과거를 알고 현재를 진단하고 미래를 계획하는 '기념사업' 기획이었다. 둘째, 회사의 조직문화를 진단하고 새로운 조직문화를 창조하는 일이었다. 셋째, 사회공헌 정립과 운영이었다. 넷째, 장학재단을 운영하고 문화재단을 설립·운영하는 것이었다. 보통 국회에서 나와 기업에 들어가면 대관업무를 하는 경우가 대부분인데, 나는 운이 좋았던 셈이다.

'기념사업'을 하기 위해서는 창업의 시기를 알아야 했다. 1919년생인 창업주 전중윤 회장은 1961년 창업했다. 기념사업을 위해 창업을 함께했던 원로, 동료 기업인, 지인 등을 만나 인터뷰했다. 90대인 창업주 사모님을 한 달에 한 번 정도 만나서 인터뷰하고 식사하기도 했다.

80~90대 원로들을 만나서 산업화 초기 사회 현황부터 기업의 번영과 쇠퇴 등에 관해 들었다. 인터뷰 내용은 정리해서 직원들과 공유했다. 매년 추모 전시회를 기획했고, 2019년에는 창업주의 탄생 100주년 기념행사를 진행했다.

'조직문화 사업'을 통해 오랜 역사를 지닌 기업의 문화를 다시 정립하려 했다. 키워드는 소통과 칭찬으로 잡았다. '사장님과 함께하는 맛있는 수다', '문화가 있는 날', '직원들과 함께하는 바자회', '소통 게시판' 등을 통해 소통하는 문화를 만들었다. 또 본사와 계열사, 공장을 다니며 현장을 어려움을 듣고 해결하였다.

삼양식품의 맛있는 나눔 활동

'사회공헌' 활동으로 주위의 이웃들과 어려움은 나누고 기쁨은 함께하였다. 사회공헌 활동 중 하나는 '맛있는 나눔'이었다. 지역아동센터와 경로당에서 음식 나눔, 어르신 집 고쳐드리기, 범죄피해자 지원 등 다양한 활동을 했다.

특히, 범죄피해자 지원 과정에서, 범죄피해자의 인권을 지키고 지원을 하려는 일선 경찰의 진실한 모습을 보았다. 또한 피해자들이 정상적인 일상에 복귀할 수 있도록, 사회 곳곳에서 도와주는 보이지 않는 착한 손길을 접할 수 있었다.

'장학재단'에서는 장학사업, '문화재단'에서는 문화지원사업을 담당했다. 장학재단에서는 지역 인재 장학생, 평창동계올림픽 지원, 체육 인재 장학사업을 했다. 이 사업 중 하나로 학생을 대상으로 진행한 '전국 초중고 요리대회'가 기억에 남는다. 초등부, 중·고등부, 대학부를 대상으로 비빔 요리, 볶음요리, 국물 요리로 나눠서 대회를 열었고, 입상자에게는 장학금을 지급했다.

문화재단을 설립하고 기념사업과 캐릭터 사업도 진행했다. 삼양식품 불닭볶음면 호치(HOCHI) 캐릭터가 이때 만들어졌다. 호치의 아버지라고 하는 제작자는 나에게 호치의 고모쯤은 된다고 농담 반 진담 반으로 말했다.

캐릭터 라이선싱을 통해 다양한 굿즈를 만들고 유통했다. 삼양목장에서 판매도 했다. 캐릭터와 연계한 웹툰을 기념사업 관련 도서도 만들었다.

이 과정에서 문화콘텐츠 제작, 유통에 관해 경험해볼 수 있었다. 한국만화영상진흥원에서의 경력이 물론 도움이 되었다. 그 외에도 언론 보도, 홍보 자료 제작 등 다양한 업무를 수행했다.

오랜 전통을 지닌 기업, 너무 크지도 작지도 않은 규모의 기업, 수출과 내수가 조화를 이룬 기업, 소비자를 직접 상대하는 기업, 다양한 식품 제조와 관광업을 하는 등 사업다각화를 꾀하는 기업, 서울을 비롯해 강원도 멀리 제주도까지 전국적으로 사업장을 갖춘 기업.

이런 여러 요건 덕분에 다양한 일도 배우고, 시야도 넓어지고, 많은 인맥을 쌓을 수 있었다. 또한 경영진, 직원, 노조 등 다양한 계층의 관점으로 회사를 바라볼 수 있었다. 더불어 국가의 정책이나 입법이 기업에 어떤 영향을 미치는지, 직접 볼 수 있던 시간이기도 했다.

사랑의 연탄나눔 활동

기업인의 덕목

왕서방과 중화우동면

1983년 삼양식품에서 우동맛을 제대로 살린 '왕서방'을 출시했고, 제품은 출시되자마자 불티나게 팔렸다. 생산량을 늘리고 밤낮으로 생산해도 수요를 맞출 수 없을 정도로 인기였다.

제품의 인기가 한참 더해가던 중 개성 왕씨 문중에서 왕족인 왕씨의 이미지와 품위에 손상을 줄 수 있다고 제품명을 바꿔줄 것을 요구했다. 삼양 왕서방 텔레비전 광고를 보고 왕씨 성을 가진 아이들에게 "삼양 왕서방~ 삼양 왕서방~"이라고 놀려서 아이들이 많은 상처를 입었고 왕씨 가문의 자존심이 말이 아니라는 것이었다.

이런 설명을 듣고 전중윤 회장은 "어린이들 마음에 상처를 주면서까지 장사를 하고 싶지 않다"며 선뜻 제품명을 바꿀 것을 약속하였다. 직원들은 많이 당혹스러웠다. 이와 같은 결단은 상자와 포장 인쇄, 포스터 도안과 신문 및 방송 광고까지 바꾸려고 하면 무려 7억 원의 비용 부담을 감수해야 했다. 당시 라면 가격이 100원 정도였으니 700만 식의 삼양라면 가격이었으니 쉬운 결정이 아니었을 것이다. 그러나 전중윤 회장은 약속대로 인기 절정의 '왕서방'을 '중화우동면'으로 이름과 포장을 바꾸고 광고도 새로 제작하여 다시 마케팅 활동을 시작해야 했다. 이에 왕씨종친회에서는 중화우동면의 애용운동에 적극 참여하겠다며 감사의 뜻을 전해 왔다.

강력한 경쟁제품의 도전을 받는 상황에서 인기 절정의 제품명을 바꾼다는 것은 일반적인 상개념에서는 실현되기가 어려운 일이었다. 하지만 전중윤 회장은 어린아이들의 마음의 상처, 한 문중의 자존심을 존중하는 것이 회사의 이익에 앞서 도덕적으로 옳다고 판단했고, 이에 막대한 손실을 무릅 썼던 것이다.

이는 정직과 신용으로 일관된 삶을 살아온 이건의 소신을 보여준다. 이건은 국민들의 건강을 위한 제품을 만들고 국가에 도움이 되는 일을 하고, 이익을 사회에 환원해야 한다는 생각은 평생 지키고자 한 소신을, 일관성 있게 가지고 살아왔다.

요즘 기업인들이 다시 새겼으면 좋을 말이다. "어린이들의 마음에 상처를 주면서까지 장사를 하고 싶지 않다." 진정한 기업가의 마음이다.

삼양식품 창업주인 이건(以建) 전중윤 명예회장 탄생 100주
년 기념 도서의 글 중 한 편이다. 기념사업을 진행하면서 기업인
의 덕목에 대해 내가 쓴 글이다. 어린이들 마음에 상처를 주지
않기 위해 경제적 이득을 포기한 기업가의 결단을 볼 수 있다. 기
업인이나 정치인이 기본적으로 가져야 하는 덕목이 무엇인가 고
민하게 만드는 대목이다.

전중윤 삼양식품 창업주와 사모님

자존감을 높이는 장학금

삼양이건장학재단은 삼양식품이 운영하는 장학재단이다. '이건(以建)은 뜻하는 바를 이루다'라는 의미다.

장학재단은 평창지역 학생들에게 장학금 수여 및 불우이웃 돕기 쌀 기증행사를 했다. 평창군 내 저소득층 고등학생·대학생, 2018평창동계올림픽 꿈나무 육성의 일환으로 스키팀을 운영하는 대관령면 내 초·중·고 4개교, 대관령면번영회와 이장협의회 추천 학생에게 장학금이 전달됐다. 대관령면 내 어려운 이웃에게는 '불우이웃돕기 쌀 기증식'을 열어 쌀을 전달하기도 했다.

장학재단의 자료를 살펴보다가 이상한 점이 보였다. 장학금을 받는 이들의 표정이 너무 어두웠다. 문득 행사 도중에 이런 생각이 들었다. "장학금 지급 행사와 불우이웃 쌀 기증식을 함께 쓴 현수막 아래에 선 장학생들은 순간 불우이웃으로 보일 수 있지 않을까?" 그래서 모든 명칭을 바꾸기로 했다. '삼양이건드

림장학생', '삼양이건더불어장학금', '삼양이건스키장학생', '삼양 맛있는 나눔 쌀 나눔'으로. 장학금을 받는 학생은 모두 지역 인재다. 항상 상대방의 입장에서 생각해야 한다.

지역아동센터나 범죄피해자 지원, 경로당 지원을 하면서도 세세한 것까지 신경 썼다. 선물 포장 각도와 위치까지 하나하나 챙겼다. 받는 사람 입장에서 최대한 정성을 들인 선물로 존중받고 있는 마음을 느끼게 하고 싶었다.

직원들과 공유하는 이야기가 있다. 우리가 사회적 책임을 다할 수 있게 우리를 맞아주는 어르신들이나 지역아동센터 어린이들에게 늘 감사한 마음을 전해야 한다. 기부하는 음식에 관한 원칙도 세웠다. 유통기한이 충분하지 않은 제품은 기부하지 않는다.

개인의 봉사도, 기업의 사회적 책임도 결국 받는 사람도 만족해야 한다. 우리는 베푸는 것이 아니라 교감하는 것이다.

맛있는 수다와 문화가 있는 날

삼양식품은 오래된 역사와 전통만큼, 전국 곳곳에 사업장과 공장이 있다. 삼양식품에 있을 때 내 업무 중 하나는, 다양한 사업장을 하나로 엮는 조직문화를 만들어내는 것이었다. 다양한 사람을 하나로 엮기 위해서는 서로 소통해야 한다.

소통하는 문화를 위해서 여러 일을 했는데, 그중 하나가 '사장님과 함께하는 맛있는 수다'였다. 직원들이 사장님과 소통하고 식사할 수 기회를 만든 것이다. 본사를 비롯해 공장과 지역의 계열사까지 찾아가는 맛있는 수다를 기획했다. 신입사원이 정규직원이 되는 달은 항상 사장님과 맛있는 수다를 통해서 회사와 경영진과 소통을 이끌어냈다. 또한 매월 문화가 있는 날을 기획, 직원들과 즐겁게 소통하는 시간을 만들었다. '칭찬게시판'을 만들어 칭찬 사원을 선발하기도 했다.

1년에 두 번 정도 자선 바자회를 했다. 대표, 임원, 직원이 바자회를 위해 기부했다. 좋은 제품을 10% 가격으로 구매할 수 있어 복지 바자회였다. 수익금은 지역아동센터 등 어려운 이웃을 위해 기부하는 나눔의 행사이기도 했다.

조직문화 관리 업무를 하면서 신경 썼던 일 중 하나가 오래 근무한 직원들의 경험을 인정하는 문화 조성이었다. 회사 전통을 이해하고 오랜 경험을 가진 직원들을 존중하고 새로운 직원들과 조화를 이룰 수 있도록 했다. 또 하나는 칭찬 문화였다. 신입사원 교육 때부터 칭찬 문화가 자리 잡도록 문화를 조성했다. 칭찬은 고래도 춤추게 한다고 하지 않던가.

경험을 존중하며, 소통하는 문화. 쉽지는 않지만 이런 문화를 만들어 가야만 오랜 역사와 전통을 가진 집단으로 꾸준히 존재할 수 있다.

'라면의 정수' - 웹툰, 책, 동영상

회사 홍보 아이템을 상의하다가 〈라면의 정수〉라는 웹툰을 제작하기로 했다. '정수(精髓)'는 '사물의 중심이 되는 요점'이라는 뜻이니 최초의 라면 회사에 잘 어울리는 이름이었다. 공교롭게도 삼양식품 사장님의 이름이기도 했다. 중의적인 단어가 되었다.

캐릭터 호치와 친구들을 활용해서 창업주 이야기, 목장 이야기, 요리대회 이야기 등을 넣었다. 연재된 웹툰은 나중에 동명의 책으로도 출간됐다.

별개로 동영상도 만들었다. 사장님만의 라면 레시피를 불닭 볶음면 캐릭터인 호치와 함께 만드는 동영상이었다. 직원들이 사장님 요리를 시식, 평가했고, 호치는 어뚱한 행동으로 재미를 주었다.

'라면의 정수' 동영상을 시리즈로 제작하면서 다양한 요리 레시피와 삼양목장, 창업 뉴스 영상도 만들었다. 동영상을 만드는 과정은 소통이 잘되는 새로운 조직문화를 만드는 과정이기도 했다.

인기 있는 불닭볶음면과 함께 호치도 점점 인지도가 높아졌다. 삼양식품은 삼양원동문화재단 설립 후, 호치 캐릭터를 활용한 화장품, 문구, 이불, 우산, 피자, 식기 등 다양한 제품과 컬래버한 제품을 출시하기도 했다. 부가가치를 극대화할 수 있는 원소스멀티유즈를 시도하고 경험했던 값진 시간이었다.

'라면의 정수' 홍보동영상

5장

~~~~~~~~~~~~~~~~~~~~

디지털 시대 공감

요람에서 무덤까지 배워야 하는 시대

1980년대 길거리에는 빨간 우체통이 많았다. 시골 마을에도 빨간 우체통은 하나씩 있었고, 편지와 신문을 배달하는 우체부 아저씨가 자전거를 타고 편지를 전해주곤 했다. 학교에서는 국군 아저씨께 편지를 쓰고, 멀리서 사는 이모, 삼촌과 흰 편지지에 정성스럽게 사연을 쓴 편지를 주고받곤 했다.

초등학교 2학년, 집에 검은색 전화기가 생겼다. 지금처럼 자동으로 걸리는 게 아니라 전화국에서 교환이 연결해주는 것이었다. 부산과 서울, 광주에 있는 친척들에게 전화로 이야기하기 시작했다. 일 년 정도 후에는 교환원이 사라지고 장거리 자동 전화(DDD, Direct Distance Dialing)가 생겼다. 대학생이 된 후, 성탄 카드 대신, 이메일 전자 카드를 보내기 시작했다. 휴대전화가 생기자, 문자와 메시지로 안부를 대신에 했다. 이제는 스마트폰으로 언제 어디서든 화상통화, 다자통화가 가능한 시대이다.

편지를 주고받는 시절은 한글만 알면 되는 세상이었다. 이메일을 주고받는 세상이 되자 영어와 컴퓨터 지식이 어느 정도 필요했다. 스마트폰이 일상이 된 지금은 디지털 기기를 알아야 하는 시대가 되었다. 변화의 속도가 빨라지고 있다. 그 속도를 따라가려면 늘 공부할 수밖에 없다.

랭그랑(Lengrand)은 개인의 출생에서 시작하여 죽을 때까지 계속되는 모든 교육을 통합한 원리 '요람에서 무덤까지' 평생교육을 이야기했다. 그런데 한글과 영어는 학교와 학원에서 배울 수 있지만, 디지털 기기를 배울 수 있는 곳은 마땅찮다.

급속한 사회 변화와 디지털화를 못 따라가는 사람은 단지 고령자뿐이 아니다. 나이와 상관이 없다. 중년층이라 할 40~50대에서도 디지털 기기에 대한 두려움을 가진 사람이 적지 않다.

디지털 기기에 관한 기초 교육이 필요했다. 스마트폰이나 전자제품을 사면 설명서가 제공된다. 문제는 글자는 읽을 수 있는데, 내용을 이해할 사람이 많지 않다는 것이다. 실질적인 의미의 문해력이 부족한 사람이 많다.

디지털도어락의 버튼 누르는 것조차 어려워하는 사람도 있다. 스마트폰이 어려워 상대적으로 사용이 편한 피처폰을 사용하는 어르신들도 적지 않다.

변화하는 세상에 적응하려면 평생 배워야 한다. 고령화 시대가 되면서 세 번째 20세인 60부터 제2의 인생이 시작된다고 한다.

하지만 이분들에게 왜 디지털 시대에 적응해야 하는지, 기초부터 단계별로 가르쳐주는 곳이 없다. 디지털 시대를 사는 세대와 아날로그 시대를 살아왔던 세대가 공감하며, 더불어 살아가는 세상을 만들어가야 한다. 그 이상을 실현하기 위해 '사단법인 디지털 시대 공감'을 만들었다.

디지털 시대 공감, 왜 필요할까?

　　오랫동안 국가가 유지되고, 여러 세대가 살아오는 동안, 시대별로 필수적인 지식은 바뀌었다.

　　한문을 알아야 하는 시대, 한글을 알아야 하는 시대, 영어를 알아야 하는 시대, 디지털 기기를 알아야 하는 시대. 이제는 이모든 것을 알아야 하는 디지털 시대이다. 우리는 현재 지능화 혁명(4차 산업혁명)으로 경제·사회 등 전 분야에서 빠르게 변화하는 시대를 살아가고 있다.

　　정부의 「디지털 정부 혁신 추진계획」을 보면, 스마트폰에 저장하고 사용할 수 있는 '주민등록 등·초본' 등 전자증명서를 확대한다. 스마트폰으로 발급받을 수 있는 전자증명서를 100종을 늘린다고 한다. 이미 종이 고지서 대신 모바일 고지서 발급이 일상화되어, 종이 없는 사회로 한발 더 다가서고 있다.

현재는 다양한 세대가 공존하고 있다. 산업화 이전 세대부터 산업화 세대, 베이비붐·386세대, X세대, MZ(밀레니얼, Z)세대까지. 대한민국은 특유의 동질성이 강요되는 사회인데, 이 때문에 다른 시대를 살아온 사람들의 세대 갈등이 발생한다.

아날로그 시대를 살아온 산업화 세대와 디지털 시대를 살고 있는 MZ세대가, 같은 시대를 갈등 없이 살아가려면 더 많은 공감이 필요하다.

2020년 통계청 기준 한국인의 평균 수명은 83.5세이다. 그리고 100세 시대를 눈앞에 두고 있다. 1950년 전후에 태어난 사람들을 산업화 세대라고 하면, 앞으로도 20~30년은 더 살아갈 수 있다. 그리고 남은 기간은 디지털 시대에 적응하며 살아야 할 것이다.

공공/민원, 생활·여가, 경제활동, 지식/정보 등 다양한 분야에서 디지털화가 추진되고 있다. 비대면 사회로 급격히 변화하고 있다. 무인계산대, 키오스크, 전자투표 등 수없이 많은 디지털 기기와 디지털 언어는 늘어나고, 하루가 다르게 세상은 바뀌는데, 이를 배울 기회는 적다.

기본적으로 알아야 하는 시대 변화와 금융과 경제, 전자투표, 국민의 권리에 대해서 기초부터 이해하고 배워가는 과정에 대한 공감이 필요하다. 디지털 시대가 경제적·효율적이라고 하더라도, 디지털 기기를 사용하려는 동기부여가 안 되면 배울 의지가 생기지 않는다.

또한, 영어나 디지털 용어, 전문 용어를 모르면 사용 설명서를 읽어도 이해할 수 없다. 현재는 기초 지식이 없는데 심화 교육을 하는 프로그램이 대다수다. 디지털 시대에 적응하기 위해서는 우선 기술에 관한 용어와 개념을 알아야 한다. 그리고 개인정보 인증과 같은 디지털 기술의 작동 방식도 알아야 한다.

현금에서 카드로의 개념을 따라가지 못하는 국민들에게 종이 없는 세상, 디지털 세상으로 빠른 걸음으로 달려가자고 한다. 세종대왕께서 훈민정음을 반포하고 글을 가르치는 마음으로, 디지털의 기초를 가장 기본부터 함께 공부하고 체험해야 한다.

ATM기기, 키오스크, 무인발급기 등의 작동 개념을 이해하고, 남의 눈치 보지 않으며, 단계별 무한 반복 체험을 할 수 있도록 찾아가는 교육이 필요하다. 그래서 전국 곳곳을 다니며 디지털 전도사 역할을 자청했다.

디지털 교육에서 생각해야 할 네 가지가 있다.

디지털 교육의 가장 선행되어야 하는 일 중 첫 번째는 '동기부여'이다. 디지털 시대에 왜 적응해야 하는지? 디지털 세상을 알지 못하고, 배워야 하는 이유를 알지 못하면, 어떤 의지도 생기지 않는다. 동기부여가 되지 않으면 어떤 일도 일어나지 않는다. 디지털 기기를 활용할 때 누릴 이점과 활용하지 않을 때 겪을 불편함에 대해 명확하게 제시해야 한다. 사용자마다 기기 이용으로 얻을 수 있는 단기적·장기적 성과를 제시해 동기를 가질 수 있게 하는 것이 우선이다. 디지털 사회 변화에 대한 체감이 필요하다.

두 번째는 '차별화 교육'이다. 수준별·단계별 교육이 필요하다. 디지털-아날로그, 누름-터치의 차이부터, 디지털 기기에 사용되는 기호나 부호, 기초적인 영어와 디지털 기기 원리부터 배울 수 있게 하는 것이다. 기초 교육부터 탄탄하게 단계적으로 배워 나갈 수 있도록 해야 한다.

세 번째는 '차별화된 접근'이다. 동기부여 된 사람과 아닌 사람에 차이를 인식해야 한다. 디지털 시대에 적응하려는 의지를 가진 사람에게는 실사용법과 잘 활용할 방법을 키워줘야 한다. 기기 사용에 부정적인 사람은 관심을 높이고 동기를 부여하는 방안에 집중해야 한다.

디지털 기기 사용을 위한 적응은 기본권리이자 생존권으로, 기기 활용은 선택이 아닌 필수라는 인식이 필요하다. 기기에 대한 두려움이 부정적 시각으로 바뀔 수도 있다. 아날로그 시대를 살아온 사람들이 디지털 기기를 알지 못하는 것을 자연스럽게 받아들이도록 해야 한다.

네 번째는 '찾아가는 교육'이다. 현재는 문화센터나 기관 등에서 디지털 강좌를 연다. 문제는 이 강좌가 배움의 의지가 있는 사람 중심, 디지털에 대한 이해도가 있는 사람 중심으로 이루어진다는 데 있다. 디지털에 대한 개념이 없는 사람, 알지 못해도 불편함을 못 느끼는 사람, 동기부여가 안 된 사람에게 직접 찾아가서 교육해야 한다.

아날로그와 디지털 세대, 각 세대 간의 공감을 키워나가고, 더불어 행복할 수 있는 시대를 만들어가야 한다. 전 국민이 디지털 활용에 관한 동등한 권리를 찾고, 편리한 디지털 생활을 영위하도록 디지털 시대 공감(디시공)이 동행할 것이다.

디지털 시대 공감, 생각할 것들

예전에는 십 년이면 강산이 변한다고 했지만, 요즘에는 일 년 만에도 강산이 변한다.

기술 혁신주기가 짧은 디지털 전환시대이기 때문이다. 시간이 갈수록 기술은 더 발달할 것이고, 자동화기기는 점점 확대될 것이다. 한편 코로나19 팬데믹으로 비대면 사회, 디지털 사회로의 변화가 5년 이상 빨라졌다. 유통도 온라인쇼핑으로 이미 주도권이 넘어갔다. 교사와 학생이 현장에서 만나야만 이루어진다고 생각하던 교육도 어느샌가 온라인에서 이루어진다. 학생들이 자기 방 컴퓨터 앞에 앉아 수업하는 모습은 이제 낯설지 않다. 이처럼 많은 분야에서 온라인·비대면이, 오프라인·대면을 대체하고 있다.

금융위 자료에 따르면, 은행권은 비대면 서비스 확대 추세에 따라 점포 통폐합을 추진하고 있다. 2012년 이후 2020년 3월 기준으로 1,029개의 은행 점포가 사라졌다. 그러면 10분 걸어도 될 것을 20분 걸어서 은행 점포를 찾아야 한다. 줄어든 점포와 창구 수로 더 많은 시간을 기다려야 한다. 은행 업무시간에는 ATM 사용을 도와주는 청원경찰이 있지만, 업무시간 외에는 도움을 받을 길이 없다. 모 금융 모바일 플랫폼 가입자는 1,200만 명에 달한다고 한다.

디지털 시대에 더불어 살아가기 위해서는 필요한 것들이 있다.

첫 번째, 왜 디지털 시대에 적응하고 활용해야 하는지 필요성에 대해서 공감하는 것이다. 예전에는 한글을 모르면, 간판을, 고지서를, 계약서를 못 읽어 손해 보는 경우가 많았다. 마찬가지로 디지털 시대를 이해하지 못하고, 따라가지 못하면 큰 손해를 보게 된다. 경제성·효율성·편리성·정보성이 떨어진다. 참정권 등 국민의 기본 권리에서 소외될 수도 있다.

두 번째, 디지털 기기 작동의 기본 원리를 파악하고, 사용되는 부호와 용어의 의미를 알아야 한다. 예전에는 기기에 전원이 들어왔는지는 전원표시 등에 들어온 불만 확인하면 됐다. 지금은 그것 말고 'O', 'I' 등 전원표시 기호로만 표시되는 경우도 있다. 엘리베이터와 디지털도어락에 표시된 많은 기호와 부호를 알아야, 기기에 현재 상황을 알고 정확하고 편리하게 이용할 수 있다.

세 번째, 현금에서 신용카드, 그리고 페이로의 전환이다. 현금을 사용하던 시대에서 현금과 동전을 거의 사용하지 않고 카드를 사용하는 시대가 되었다. 일부 대중교통은 현금은 아예 받지 않는 일도 있다. 디지털이란 지폐와 동전 같은 실물을 주고받는 것이 아니라, 전산으로 정보가 이동한다는 것을 이해해야 한다. 그래야 현금이 아니라 카드, 카드를 넘어선 이른바 핀테크(Fintech)인 각종 '페이' 앱으로의 변화를 이해할 수 있다.

네 번째, 반복 사용이다. 모든 학습이 그렇지만 디지털 기기도 반복 학습만큼 확실한 것은 없다. 겪어보면 두려움이 사라진다. 낯선 기기 앞에서는 누구나 당황스럽다. 사람이 많은 공공장소에 있는 기계라면 더더욱 그렇다. 어르신만의 문제는 아니다. 사용법을 모르는 기계 앞에서는 누구나 어려움을 느낀다. 글자 쓰기 연습장처럼, 연습할 수 있는 기계가 필요하다. 기기를 반복 연습해서 실전에서 혼자서도 작동할 수 있는 교육이 필요하다.

어르신 디지털 교육

디지털 기기 설계는 다양한 사용자를 고려해봐야 한다. 어떤 장애인들은 키오스크를 '악의 기기'라고 한다. 그들이 사용하기에 너무나 불편하고 배려가 없기 때문이다. 메뉴나 안내가 영어(혹은 영어 발음의 한글 표기)로 되어 있는 기기는, 영어를 모르는 사람이 사용하기 힘들다. 어르신, 장애인, 디지털 기기가 생소한 사람 처지에서 생각하고 공감해야 한다.

디지털 시대, 전 국민이 디지털을 활용할 수 있는 동등한 권리를 찾고, 편리한 디지털 생활을 할 수 있도록 정부, 관공서, 기업, 시민들이 함께해야 한다.

《할머니와 디지털 훈민정음》

디지털 시대 공감을 설립하고, 광주·완도·서울·정선·영월·홍
천·춘천·경주·단양 등 여러 곳에서 교육을 했다. 그곳에서 디지
털 기기로 어려움을 겪는 사람들을 자주 만났다.

1946년생인 내 어머니 세대의 분들은 아날로그에만 익숙하다.
급변하는 디지털 사회에서 겪는 어려움은, 요즘 젊은 층 사람들
은 이해하기 쉽지 않을 것이다. 그들은 태어날 때부터 디지털 기기
와 함께 자란 디지털 원주민(디지털 네이티브)이기 때문이다.

요즘은 하루가 다를 정도로 변화 속도가 빠르다. 새로운 기
술, 새로운 용어들이 생겨난다. 코로나19 이후 비대면 사회가 확
산하면서, 정보격차와 정보소외가 더욱 커지고 있다. 디지털 시대
가 그저 편리 문제가 아니라 누군가에게는 생존에 대한 문제임
을 인지해야 한다.

디지털 시대, 어르신들이 겪은 어려움을 알릴 수 있도록, 그분

들의 이야기를 책으로 펴냈다. 세대 간의 공감대를 넓히려는 목적이었다.

텔레비전에 '외부 입력' 화면만 뜨면 긴장하는 어머니, 보일러가 '온수 모드'로 되어 있는 줄 모르고 보일러를 켰는데도 난방이 되지 않아 집이 춥다던 할아버지, 전자기기에 달린 온갖 기호를 이해하기 어려워하고, 기계는 믿지 못하겠다는 어르신들.

저자는 책에서 "어려움을 겪는 분들이 멀리 있지 않다"며 "저희 어머니이고 아버지이고, 삼촌, 숙모, 언니, 오빠일 수 있음"을, 그들이 시대에 잘 적응하여 살아갈 수 있도록 디지털 기초 교육이 필요하다는 사실을 전하고자 했다.

막 한글을 깨친 할머니, 초등학교 1~2학년도 읽을 수 있도록 큰 글씨와 쉬운 단어로 쓰고 표현했다.

터치와 누름의 차이를 모르고, 패턴 그리기, 화살표 방향 표시를 이해하지 못하며, 전원 기호를 모르는 어르신. 고장 날까 만지지 기계를 만지지도 못하는 어르신 등등. 디지털 기기의 기초원리부터 단계별 학습, 반복 학습이 필요하다는 것을 알리고 싶었다.

홍천의 한 70대 어르신은 책을 읽고 이렇게 말했다. "세상에 나랑 똑같은 할머니가 또 있네요. 나도 용기를 내서 열심히 배워볼라요." 어떤 60대 분은 글씨 크기가 작아서 평소 책을 잘 안 읽는데, 이 책은 글씨도 크고 그림이 있어서 쉽게 읽겠다고 했다. 초등학생 아들이 이 책을 읽고 할머니에게 휴대폰을 알려준다는 소식도 들었다.

1부 공간, 시간, 사람

세종대왕께서 '백성을 위한 바른 소리, 훈민정음'을 만들던 그 마음을 생각했다. 자음과 모음을 한 글자 한 글자 가르쳐, 글자를 쓰고 문자를 읽도록 만든 정성도 생각했다. 이 책이 세종대왕의 마음과 정성이 잘 담기고, 디지털 기초 교육 필요성에 대한 공감이 커지기를 바란다.

디지털 훈민정음 체험 프로그램을 함께하면서 여덟 살 조카에게 노래를 만들자고 했다. 조카가 즉석에서 노래를 만들었다. "디지털 훈민정음 디지털 훈민정음, 할머니들에게 알려줘라. 디지털 훈민정음, 너희 할머니들만 알려주지 말고, 친구들 할머니에게도 알려줘라."

어린이와 함께하는 디지털 훈민정음 교육

"왜 우리 할머니 말고 친구들 할머니도 디지털 훈민정음을 배워야 할까?"라고 묻자, "고모, 우리 할머니만 디지털 훈민정음을 배우고 친구 할머니들이 안 배우면, 다른 할머니들은 모를 거 아니에요? 그러니까 친구 할머니도 배워야지요"라고 답했다. 어린 조카의 속 깊은 생각에 깊이 공감했다.

쓰라린 첫 선거 패배

살아가면서 선택과 결정의 순간이 있다. 그때마다 가치와 의리를 생각했다. 2020년 총선, 9년 만에 복귀한 이광재 후보 선거를 돕기 위해서 회사를 그만두었다. 당장의 일자리보다는 오랜 의리가 중요했다. 정들었던 회사의 동료들과 눈물의 이별식을 했다. 모든 선택에는 책임이 따른다.

2022년 전국동시지방선거(지선). 강원도지사 선거에 이광재 의원이 출마할 수밖에 없는 상황이 되었다. 자칫하면 민주당에서 도지사 후보를 낼 수 없는 상황이 온 것이다. 나는 두 번의 경선, 세 번의 총선, 한 번의 지선을 도왔다. 그리고 마지막 지방선거를 돕기 위해 강원도 춘천으로 향했다.

선거까지 한 달여, 사무실을 얻는 것부터가 일이었다. 겨우 사무실을 구해 집기를 세팅하고, 일꾼들이 모이는 것만 일주일 이상의 시간이 걸렸다. 선거 DB도 없었고, 조직도 없었다. 다행히

10여 년 전 강원도지사 선거 때 함께했던 동료들이 힘든 상황에서 합류해 주었다. 오랜 인연을 가진 사람들의 도움으로 급하고 어렵지만 차근차근 선거 준비가 되었다.

대통령 선거가 끝나고 석 달도 안 돼 치르는 지방선거라 대선 결과에 따른 영향이 컸다. 후보자 정책 비전이나 인물론도 쉽지 않았다. 대통령 당선인이 한 번씩 지역을 왔다 가면 분위기가 확 돌아갔다. 상대 당의 젊은 당대표가 몇 번씩 원주와 춘천에 와서 지원 유세를 했다.

선거운동을 하면서 힘들다고 생각해본 적이 없었는데, 그때는 달랐다. 서울에서 자문해주던 선배랑 통화하다가 펑펑 울었다. 놀란 선배는 '무슨 일이냐? 누가 힘들게 하느냐?' 물었다. 아무리 노력해도 변화시킬 수 없는 그 상황이 힘들고, 후보자, 당원들, 함께한 사람들에 대한 미안함이 컸다. 결과가 보이는 선거였다. 하루하루가 힘들었다. 선배들은 놀라서 춘천으로 내려왔다. 2022년 5월은 너무나 힘든 시간이었다.

한 번도 진 적 없던 선거에서 후보도, 나도 처음으로 낙선이라는 쓴맛을 보았다. "원숭이는 떨어져도 원숭이지만, 선거 후보자는 떨어지면 사람이 아니다"라는 말이 있다. 패배한 선거 캠프의 해단식은 서럽고 쓸쓸했다. 후보자와 캠프원이 악수하는 자리에 내려갈 생각도 안 했다. 그 현실을 마주할 수 없었다. 시간이 지난 지금도 패배의 경험은 쓰라리지만, 그곳에서의 좋은 인연과 추억만은 오랫동안 간직하려 한다.

1부 공간, 시간, 사람

조카의 임용고시

2022 지선이 끝나고 한 달 만에 서울로 돌아왔다. 때마침 서울의 모 학교에서 조카의 교생 실습이 시작되었다. 실습이 끝나고 본격적으로 노량진에서 임용고시 준비를 하기 시작했다. 임용고시는 또 다른 대입시험이나 마찬가지였다. 새벽 6시 50분이면 집에서 나가고, 밤 11시가 넘어야 들어왔다. 일요일도 휴일도 없었다.

일찍 일어나 간단히 아침을 챙겨주고 잠시 이야기하는 것이 유일한 소통 시간이었다. 워낙 어렸을 때부터 고민과 진로 등 많은 대화와 상담을 한 조카와 고모 사이여서 애틋했다. 학원에서 사 먹는 도시락이 너무 부실해 도시락을 쌌다. 시험일이 다가와 소화가 안 되는 조카를 위해 죽을 싸주기도 했다.

필기시험을 치고 실수한 한두 문제 때문에 흔들리던 조카와 매일 상담하며, 수업 시연과 2차 면접을 준비했다. 교사의 자질,

다양한 학생과 학부모를 만났을 때, 어떻게 상담하고 대응해야 하는지? 학생들과 함께 성장하고 희망을 키워가는 교사는 어떠해야 하는지? 매일 예상 질문을 뽑아 토론하고 생각을 나누었다. 다행히도 조카는 필기부터 면접까지 아주 우수한 성적으로 합격했다. 소명 의식을 가지고 학생과 함께 성장하는 멋진 교사가 되기를 늘 응원한다.

조카와 함께한 2022년 하반기는 고3 엄마들의 마음을 조금은 이해할 수 있는 시기였다. 학교 교육과 교사의 삶에 대한 고민을 해봤다. 교권 문제로 어수선한 요즘, 다시금 그 고민을 곱씹는다. 학생 인권과 교권이 모두 존중되는 대한민국을 바란다.

1999년생부터 2013년생까지 여섯 명의 조카가 있다. 고등학교 때부터 함께 서울에서 생활하며 음악을 한 조카랑은 검정고시부터 대학 입시까지 함께 고민하고 군 입대 전까지 함께 생활했다.

다른 조카들도 방학이나 실습을 하면서 함께 생활을 하며 10대~20대 진로 상담과 고민을 공유했다.

조카들과 소통과 공감을 많이 했던 고모이자 이모였다.

조카가 그린 생일축하 카드

최고의 고모상 상패

다시 빛고을로

1장

광주 출마를 결심하다

출마를 결심한 이유

대선의 패배와 지방선거 패배. 2022년은 2009년 다음으로 힘든 해였다. 원칙도 상식도 사라져버린 대한민국. 무엇을 할 수 있을까 고민했다. 2000년 노사모에서 활동할 때는 시민들이 정치에 참여하면 세상을 바꿀 수 있다는 믿음이 있었다. 그러나 지금은 20여 년 전 꿈꾸던 원칙과 상식이 사라졌다. 그게 현실이었다. 사람 사는 세상. 다시 기본으로 돌아가는 정치가 필요하다고 생각했다.

국민을 위해 눈물 흘릴 줄 아는 김대중 대통령. 사람 사는 세상, 원칙이 바로 서는 나라를 만들고 싶다고 했던 노무현 대통령. 그분들의 기본이 바로 선 나라에 대한 고민이 필요했다.

지금까지 일한 곳은 국회, 일반 기업, NGO였다. 국회에서는 입법과 예산심의를, 기업에서는 사회공헌 활동을, NGO에서는 사회봉사 활동을 했다. 돌이켜보니 조금이라도 사회를 변화하는

데 효과적인 것은 입법과 예산심의였다. 이는 국회의원의 핵심 업무 아닌가. 정치 활동을 통해 더 나은 세상을 만드는 일이 중요하다고 생각했다. 그리고 첫 정치 시작은 나고 자란 고향에서 하고 싶었다.

여의도에서 업무를 하면서 많은 보람이 있었다. 수백억 원에서 수천억 원의 예산의 사업들이 진행되었다. 38국도 고속도로로 진행될 때 광주-완도 고속도로 건설이 시작도 되지 않은 것이 아쉬웠고, LNG화력발전소, 수라리재 터널, 서울대연구단지 이전 등 큼직한 사업들이 속전속결로 진행되는 것을 보면서, 완도 신지대교 공약이 25년 만에 이루어진 것이 반갑다기보다는 안타까웠다. 그래서 정치를 직접하게 되면 내 고향이 있는 곳에서 하고 싶었다.

국회의원은 한 분야의 전문가이기보다는 인간에 대한 애정과 함께 국가 미래에 대한 비전을 고민하는 철학을 지녀야 한다고 확신한다. 또한 정책을 잘 유통시키는 중개자가 되어야 한다. 다양한 정책 중에 가장 국민들에게 도움이 될 만한 정책을 선택하고 방향을 잡는 능력이 있어야 한다. 작은 목소리도 크게 들을 수 있는 정치, 많은 사람의 목소리를 경청하고 제안을 입법과 정책으로 만들어내는 것이 중요하다.

광주 북구를 선택한 이유

광주광역시 북구는 새로 조성된 주택단지와 전남대학교, 광주과학기술원(GIST), 서영대학교, 한국폴리텍대학 광주캠퍼스(광주폴리텍대학), 광신대학교, 광주체육고등학교, 광주예술고등학교, 망월동 묘역, 본촌산단, 첨단지구, 광주시립미술관, 국립광주박물관, 광주패밀리랜드 등 많은 것을 품은 도시다. 도농복합 도시고, 기존 주민과 새로운 주민이 어우러진 곳이며, 가장 역동적인 공간이기도 하다.

완도에서 중학교를 마치고 광주로 유학 온 시절, 아버지 원칙은 무조건 내가 다니는 학교 근처로 집을 얻는 것이었다. 그래서 조선대에 다니던 둘째 오빠는 자취방을 지산동에서 나중에 대성여고 근처의 주월동으로 옮겼다. 내가 대학에 입학한 후에는 전남대 근처 용봉동에 집을 구했다. 용봉체육공원 근처 방 2개짜리 다세대주택이었다. 집은 전대 후문에서 채 5분도 안 되는 거리였다.

후문에서 거의 매일 술을 마시던 동기와 선후배는 집 앞에 찾아와 나를 불러댔다. 전대 후문 근처의 모든 술집과 밥집을 다 가볼 정도로 매일 약속이 있었다. 정문, 후문, 공대 쪽문, 상대, 농대 등. 곳곳이 추억이 서린 장소다. 대학원 다닐 때는 기숙사 생활도 했는데, 거기서 중국에서 유학 온 언니들과 함께한 곳이기도 하다. 전남대 약대 잔디밭은 첫눈이 쌓이면 밤새 눈싸움을 하던 곳이었다.

망월묘역이 있고, 자주 놀러 가던 중외공원이 있는 곳이다. 묘역에서 만난 무명열사의 묘비 앞에서 국가의 의무와 그 의무를 저버린 국가의 폭력에 대해 생각했다. 2000년 노사모를 하며 정치 시민 참여를 시작했다. 북구는 그런 추억이 깃든 곳이다. 그곳에 살면서 시민으로서 생각과 사상을 키웠다.

무등산은 북구와 동구에 걸쳐 있는 산이다. 북구 지역에는 원효사와 약사암이라는 사찰이 유명하다. 특히 원효사는 원효대사가 이 절에 머무르면서 개축한 후부터 원효암이라는 이름으로 불렸다고 한다. 약사암은 광주문화재자료인 대웅전으로 유명하다. 한편 무등산을 중심으로 광주호 주변의 한국가사문학관, 중외공원문화벨트가 있다.

한국가사문학관은 조선시대 무등산 주변에서 선비들이 심신을 수양하고 학문을 닦기 위하여 경치가 좋은 곳에 누각과 정자를 짓던 유서 깊은 공간이다. 소쇄원, 식영정, 환벽당 등에서 시를 주고받으며 하나의 문화권을 형성하였다.

이 문학관의 주소는 전남 담양이지만, 광주호를 경계로 북구와 접하고 있는 광주 생활권이다.

중외공원문화벨트에는 국립광주박물관, 역사민속박물관, 광주예술의전당, 광주시립미술관, 광주비엔날레전시관 등이 있어 광주의 과거와 현재를 음미할 수 있는 문화예술 관광의 중심지이다. 우치공원에는 동물원·식물원·수목원이 있고, 근처에 놀이시설인 광주패밀리랜드가 있어 가족 단위 관광을 즐길 수 있다.

이러한 문화시설을 바탕을 광주 북구를 깊이 있는 문화벨트로 만들어야 한다. 걷고, 보고, 먹고, 사진 찍고, 즐길 수 있는 명품 문화도시의 중심에 북구가 우뚝 설 수 있다.

대학은 청년 일자리와 평생교육시설 제공하는 역할로 지역사회로 함께할 수 있다. 산학 연계로 지역 발전과 일자리 증가 모델을 만들 수 있다. 전남대, 광주과기원 내 AI 관련 학과, 전문 대학원 개설, 광주 AI산업융합 집적단지와 연계 육성하는 방안을 마련해야 한다. 20대에 배운 교육만으로 평생을 살아가기에는 시대가 너무 빨리 변하고 있다. 대학의 좋은 인프라를 바탕으로 지역사회와 대학이 연계한 평생교육의 좋은 모델을 만들어갈 수 있다.

국회의원의 일 가운데 하나가 모범적인 지역 모델을 만들어 국가 모델로 확장하는 것이다. 광주시 북구는 그런 부분에서 가장 적합한 곳이다.

2부 다시 빛고을로

한국 정치와 민주당

　　광주 출마를 결심했다. 2002년 3월 16일, 노무현 대통령의 광주 경선 때 위대한 선택을 했던 광주시민과 함께하고 싶었다. 하지만 많은 반대가 있었다. '정치 신인에게는 틈이 없다. 돈과 조직이 있느냐?' 그런 반응들이었다. "민주화의 성지지만 민주주의 도시가 아니다"라는 말까지 들었다. 광주와 전남의 정치에 대한 평가가 왜 이렇게까지 박해졌는지, 자존심까지 상했다. 지난 2022 지방선거에서 광주의 투표율은 37.7%로 충격적으로 낮았다. 전국에서 유일하게 30%대 투표율을 보인 곳이다. 사실 광주의 정치가 변해야 한다고 생각했다.

　　광주에서 다른 정치를 해보고 싶었다. 광주와 전남 전체를 아우르는 정치, 광주 국회의원들과 원팀이 되어서 광주 발전을 위해 애쓰는 정치를 하고 싶었다. 광주에서 만난 한 선배는 광주의 정치 상황을 다음처럼 비유했다.

광주의 정치는 큰 고무 대야 담긴 칠게다. 대야에 뚜껑을 닫지 않아도 칠게는 단 한 마리도 탈출할 수 없다. 한 마리씩 탈출하면 다 함께 탈출할 수 있는데, 한 마리라도 탈출하려고 벽을 타고 올라가기 시작하면 서로 끄집어 내린다. 광주의 정치도 누가 누가 잘하나가 아니다. 서로를 끄집어 내리는 하향 평준화의 정치다.

정치의 목표가 무엇인가 생각을 해봐야 한다. 언제부터인가 국회의원이라는 자리 자체만이 목표가 된 듯하다. 그 자리에서 무엇을 할 것인가를 고민해야 한다. 사람에 대한 애정과 헌신이 정치의 기본이다.

다짐

'당연한 것은 없다.' '조급해하지 말자.' '상대방 입장에서 생각하자.' 살면서 늘 자신을 경계한 말이다. 선거 출마를 결심하면서 몇 가지 더 다짐했다.

첫째, 처음 만나는 사람에게 무작정 도와달라는 부탁을 하지 않는다. 모든 후보는 광주에서 크고 작은 인간관계 속에서 살고 있고, 그 관계가 얽히고설켜 있다. 그 속에서 갑자기 "저를 도와주세요"라고 말한다는 것은 옳지 않다고 생각했다. 그래서 처음 만나면 도와달라고 하지 않는다. 대화를 나누다가 생각이 같다고 느껴지면, 지혜와 경험을 모으면서 동행할 뿐이다. 대화하다 뜻이 같다고 느껴지는 사람은 "무엇을 도와드릴까요?"라고 묻는다. 그러면 "주위에 좋은 분들에게 '김세미가'라는 사람을 만난 느낌을 알려주세요"라고 답한다.

둘째, 진심으로 대한다. 행사장에 가면 가능한 한 끝날 때까지 함께하고, 등산동호회 버스에서 인사하고 내려오는 대신에 함께 등산하며, 봉사활동에 사진을 찍으러 가는 것이 아니라 처음부터 끝까지 같이한다. 한 사람을 만나도 한 시간 이상 진심으로 대화하고 소통한다. 이름과 얼굴을 많이 알리는 것도 중요하지만, 한 사람 한 사람에게 내 생각과 마음을 전하는 것이 더 중요하다.

셋째, 남 이야기를 하지 않는다. 내 이야기를 한다. 정치는 격투기처럼 상대방을 때리는 것이 아니라, 벽돌쌓기처럼 내 점수를 올리는 경기라고 생각한다. 남을 헐뜯고 힐난할 시간에 내가 잘할 수 있는 것을 이야기하고, 내 마음을 공감시키는 것이 중요하다.

호남의 정치는 경선이 본선보다 치열하다. 그러다 보니 선을 넘는 흑색선전이 난무한다. 듣는 이가 부담스러울 정도로 권리당원 되기를 강권한다.

한 사업장에 간 적이 있었다. 거기 대표를 만났는데 친절한 웃음 뒤에 불편함이 묻어났다. "우선 저는 부탁하러 온 게 아닙니다. 사장님께 제가 하고 싶은 정치 방향을 말씀드리고 사장님의 경험과 지혜를 들으러 왔습니다." 이렇게 이야기하자 그의 표정이 한결 사장님 편해졌다. "사실 사무실에 많은 정치인이 옵니다. 그리고 권리당원 입당원서를 그냥 두고 갑니다. 얼마나 부담인지 모르겠습니다. 후보님처럼 이렇게 편하게 해주는 사람이 없습니다.

제가 만난 정치인 중에 가장 훌륭한 정치인입니다." 그의 답을 들으면서 정치인이 은연중에 폭력적으로 될 수 있는지 깨달았다.

국민을 행복하게 하고, 위로하는 것이 정치다. 그런데 불안감과 부담감을 주고 있던 것은 아닌가. 국회의원은 도와주고 도움을 받는 사이가 아니다. 그 뜻에 동의하면 지혜와 경험을 공유하고 함께 빛나는 내일을 만들어가면 된다. 정치 문화가 바뀌어야 한다.

광주의 브랜드는 무엇인가요?

사물, 사람, 도시…. 이런 것들은 생각하면 뭔가 상이 떠오른다. 그것이 바로 이미지다. 광주의 이미지는 무엇일까? 떠오르는 게 많지 않았다. 시민들에게 물어봤다. '광주에 오면 무엇을 먹어야 합니까? 무엇을 보러 가야 합니까? 무엇을 사 가야 합니까? 어떤 문화의 도시입니까?'

제대로 답하는 사람이 없었다. 굉장히 당황해하는 사람도 있었다. 젊은 친구들에게 광주의 이미지를 물어보니 '노잼' 도시라고 한다. 재미없는 도시라고 하는 것이다.

우리가 가진 게 없는 것이 아니다. 우리가 가진 것을 이미지화하고 브랜딩화하지 못했을 뿐이다. '구슬이 서 말이라도 꿰어야 보배'라는 속담은 진리다. 우리가 가진 것이 무엇인지 잘 살펴보고, 콘텐츠를 만들고 브랜드로 만들어야 한다.

우리가 가진 맛과 멋과 흥을 잘 조화시켜야 한다. 광주비엔날레에 온 관람객이 비엔날레만 보고 가는 것이 아니라, 국립아시아문화전당 전시를 보러 갈 수 있어야 한다. 전시를 보고 어울려 밥 한 끼, 술 한잔을 할 수 있어야 한다. 깨끗하고 편한 잠자리에서 하룻밤 머무를 수 있어야 한다.

광주에 오면 꼭 먹어야 할 것, 봐야 할 것, 즐겨야 할 것의 목록이 명확하게 제시돼야 한다. 꼭 먹어야 할 음식, 봐야 할 전시, 참여해야 할 축제, 사진 찍어야 할 풍광…. 이런 것들을 포함하는 도시. 그것을 상징할 수 있는 도시 브랜드가 절실하다.

세미가당, 광주시당, 국회의원

정치를 시작하고 가장 많이 들어본 말 중 하나가 '어느 라인이에요?'다. 계보 정치 이야기다. 누구 계보니까 공천받기 쉽고, 누구 계보니까 공천이 힘들고. 구태의연한 정치가 아닌가.

그 사람이 어느 계보냐가 아니라, 정말 여의도에서 제대로 일할 수 있느냐를 평가해야 한다. 지역의 이야기를 경청하고 공감하며, 문제를 인식하고 풀어나가는 능력이 필요하다. 다름을 인정하고, 작은 목소리도 크게 들을 수 있는 세상, 세종대왕의 훈민정음 창제 정신처럼 국민을 위한 기본이 바로 선 나라를 만들고 싶다.

"정치에 관심이 없습니다. 입에 밥 들어가는 게 중요한데 밥을 어떻게 먹게 해줄 것입니까?" "국회의원이 누가 되든 내 생활에 아무 영향이 없습니다. 법을 만들고 가끔 텔레비전에나 나와서 목소리를 내는 거지요." "지금은 변하고 다르게 한다고 하지만 국회의원 되고 나면 얼굴 보기도 힘들어요." 광주시민의 목소리다.

이런 불만 섞인 목소리를 안 들리게 하고 싶다. 그래서 제2의 누구가 아니라 '세미가당'으로 세미가의 정치를 하고자 한다. 시민 처지에서 생각하고, 시민의 지혜를 모아 함께 빛나는 내일을 만들어가는 '광주시민의 당', '광주시당'을 만들고자 한다.

미래를 위한 근간은 교육이다. 교육으로 미래를 준비하는 '학당'. 먹고사는 문제, 일자리를 해결하는 '식당'. 어르신, 장애인, 어려운 사람을 현미경처럼 세심하게 보고 챙기며 복지에 신경 쓰는 '경로당'. 이 모두를 아우르는 '세미가당' 국회의원이 되고 싶다.

빛나는 광주를 위해

정치는 어떤 사람이 해야 할까? 똑똑하고 머리가 좋은 사람? 예쁘고 잘생긴 사람? 돈 많은 사람? 아니다. '인간에 대한 예의가 있는 사람'이어야 한다. 경청하고 공감할 줄 아는 사람. 경험과 지혜를 모으는 사람. 행동할 수 있는 사람. 이런 사람이 정치를 해야 한다. 신뢰와 의리를 가진 사람, 초심을 지킬 수 있는 사람이어야 한다.

아무리 똑똑한 개인도 집단 지성의 힘을 이길 수는 없다. 월출동에서 평생 농사를 짓고 살아온 농부, 운암시장에서 오랫동안 장사를 해온 시장상인, 용봉동 전남대 후문에서 자영업을 하는 청년 상인, 학교에서 아이들을 가르치는 선생님, 대학교의 학생·교수·임직원, 병원 의료진, 복지 현장에서 땀을 흘리는 사회복지사·요양사, 일자리를 만들기 위해 노력하는 사업가, 문화예술 현장의 예술가, 도시를 깨끗이 청소해주는 환경미화원, 반가운 소식을 전해주던 집배원, 환경을 지키기 위해 행동하는 마을 활동가와 시민단체 회원, 역사를 바로 지키기 위해 애쓰는 원로…. 이 모두의 지혜와 경험을 모아가는 것이 중요하다.

빛나는 도시 광주를 빛내기 위해서는 시민 한 사람 한 사람의 내일이 빛나야 한다. 시민들의 지혜와 뜻을 모아내는 일이 필요하다. 경청하고 공감하고 행동하는 정치, 시민의 입장에서 지혜를 모으는 정치가 필요하다.

나는 이런 구슬들을 꿰어 모으는 실이 될 것이고, 플랫폼이 될 것이다. 부지런히 그리고 끊임없이 내가 할 수 있는 일을 찾고 실천할 것이다.

2장

~~~~~~~~~~~~~~~

광주 탐방

전남대학교 '정의의 길'

전남대학교 '정의의 길'을 친구와 함께 걸었다. 이 길은 박관현 언덕-윤상원 숲-김남주 뜰-5·18 광장-박승희 정원 등 열사들의 정신을 계승하기 위한 길이다. 사실상 길의 시작인 박관현 언덕 이야기는 조금 해야겠다.

박관현은 1978년 전남대 법대에 입학, 사회조사연구회 부회장과 들불야학의 강학으로 활동하며 학생운동의 길에 들어선다. 그는 '민주화의 새벽기관차'라는 기치를 걸고 1980년 4월 학우들의 압도적인 지지로 총학생회장에 당선되었다. 박 열사는 탁월한 연설과 지도력으로 민족민주화성회를 성공적으로 이끌었는데, 이는 5·18 민중항쟁의 직접적인 동력으로 평가받고 있다. 5월 17일 수배령이 내려져 도피생활을 하다가 1982년 4월 체포되어 광주교도소에 수감된다. 이후 '5·18 진상규명과 재소자 처우개선'을 위해 50여 일간의 단식투쟁을 벌이다 1982년 10월 12일,

30세의 짧은 생을 마감하고 말았다. 전남대는 그의 치열한 저항 정신을 기리기 위해 1989년 법대 앞에 혁명정신계승비를 세우고, 2020년 정문 근처에 '박관현 언덕'을 조성하였다.

박관현 열사 동상

우리나라 민주화의 역사에서 대학생들이 차지하는 비중은 매우 크다. 웬만한 대학에 민주열사 추모 공간 하나쯤은 가지고 있다. 연세대 이한열 동산, 부산대 부마항쟁 기념비, 서강대 김의기 열사 추모비 등이 그러하다. 하지만 역사와 이야기가 있는 '길'이 있는 학교는 전남대와 서울대뿐이다. 서울대에는 4·19혁명기념비로부터 시작되는 '민주화의 길'이 있고, 박종철과 조성만 등 잘 알려진 열사들이 추모비가 감동을 자아낸다. 하지만 내가 전남대 출신이어서 팔이 안으로 굽는지도 모르겠지만 정의의 길이 더 끌린다.

근대문화유산으로 지정된 인문대학 1호관 일부가 김남주 시인의 기념홀로 조성되어 있고, 사범대 외벽의 '광주민중항쟁도'는 비슷한 것이 서울대에는 없기 때문이다.

인문대학 1호관 앞에 서 있는 교육지표 기념비도 다른 학교에는 없는 교육 민주화의 상징물이다. 1978년 6월 27일, 송기숙과 명노근 등 전남대 11명의 교수들이 유신정권의 국민교육헌장을 거부하고 교육의 참 목표를 내세운 용기 있는 선언이 전남대 '우리교육지표' 사건이었다. 더구나 5·18의 시작은 전남대 정문에서 전남대학생들이 학교에 진주한 공수부대들을 두려워하지 않고 도전하면서 시작되지 않았던가?

열사 기념비뿐 아니라 전사 같았던 시인, 교육민주화와 무장투쟁의 상징물이 모두 있고, 민주화 열사들을 기념하는 광장과 숲, 정원, 언덕이 존재하는 학교는 내가 견식이 짧은 탓인지는 몰라도 전남대학교뿐일 것이다.

그러나 광주항쟁을 체험하고자 오는 다른 지역 사람들은 옛 도청 주변이나 망월동 묘역은 자주 가지만, 전남대에 오는 경우는 드문 듯하다. 국회의원이 되면 가장 하고 싶은 일 중 하나가 전남대의 역사적 자원들을 활용할 방안을 계획하고 실행하는 것이다.

망월동 묘역

전남대학교 '정의의 길'을 방문한 다음 날, 망월동 묘역을 찾았다. 정의의 길 열사들을 만나기 위해서다. 공식 명칭은 '국립 5·18민주화묘지'인데, 여전히 망월동 묘역이 더 유명하다.

박관현 열사, 김남주 시인, 박승희 열사, 윤상원 열사를 만나고 왔지만, 망월동에는 5월 광주의 희생자들만 묻혀 있는 것이 아니다.

이른바 전두환 일당의 싹슬이 때 전국 각지에서 체포되어 옥고를 치르고 고문을 당한 분들도 잠들어 있다. 송건호, 이호철, 리영희 선생 등이 대표적이다. 최근에 세상을 떠난 한승헌 변호사도 이곳에 묻혔다. 가끔 5월 광주에 있지도 않았던 사람들이 왜 유공자이며, 이곳에 묻혀 있냐는 '순진한 질문'을 하는 이들은 꼭 이곳에 와봐야 한다. 처음 무명열사의 묘지 앞에 섰을 때의 슬픔은 지금도 여전하다.

2부 다시 빛고을로

묘역을 걷다 보면 전재수 열사의 비석을 볼 수 있다. 1969년 5월 15일 - 1980년 5월 24일. 너무 짧은 삶을 살았던 11살 전 열사의 앳된 얼굴은 볼 때마다 너무나 가슴이 아프다. 오월의 아픔, 진실 규명과 진심을 담은 사과와 용서와 화해의 논란은 여전히 진행 중이다.

신묘역보다 구묘역이 5월 정신을 더 담은 것 같아 마음이 간다. 정치인들이나 유명인들이 이곳에서 와서 신묘역에서만 참배하고 가는 것은 너무 형식적이라는 생각한다.

구묘역은 1980년 5·18광주민중항쟁 당시 산화한 분들이 묻힌 곳이다. 예전에 '망월동묘지'라 불렸다. 가족과 친지들은 항쟁의 와중에 처참하게 훼손된 주검을 손수레에 싣고 와서 묻었다고 한다. 공포와 분노에 떨면서. 연고자가 나타나지 않거나 5월 27일 도청 함락 당시 희생된 분들은 청소차에 실어다 묻었다.

그 뒤 여기가 민주화의 성지로 세계적인 주목을 받자 군사 반란 집단은 묘를 파내는 등 묘지 자체를 없애려고 하였다. 영령들은 죽어서까지 수모를 당했던 것이다.

이곳의 성역화 사업은 1994년부터 시작하여 1997년에 완성되었다. 광주 영령들은 치욕의 17년을 뒤로 하고 신묘역으로 이장되면서 비로소 편안히 눈을 감게 되었다.

하지만 구묘역은 당시의 참상을 처절하게 안고 있는 곳인 데다가 그동안 국내외 참배객들이 수없이 다녀갔기에 시신을 신묘

역으로 옮겨진 묘도 그대로 보존하였다. 참고로 《택시운전사》의
주인공 힌츠펠트의 유품을 묻은 묘도 구묘역에 자리잡고 있다.

　　망월묘역은 미안함과 안타까움이 가득하지만 2월의 마지막
주말의 햇볕은 따스함을 담아 묘지를 비추고 있었다.

망월묘역의 김남주 시인 묘소

2부 다시 빛고을로

4·3, 그 아픔

제주4·3희생자 추념일 75주기를 기리며 광주시립미술관에서 '4.3 기억 투쟁_새김과 그림'이라는 박경훈 개인전이 열렸다. 제주도는 외가이기도 해서 개인적으로도 의미가 깊은 곳일 수밖에 없다. 전시를 보면서 다시 한번 국가 공권력이 국민을 무자비하게 탄압하고 학살했던 역사와 마주했다. 또 다른 국가 폭력의 희생자였던 광주에서 전시된 4·3의 기억은 더 큰 의미로 다가왔다. 그와 맞물려 전두환의 손자 전우원 씨의 광주 방문과 사죄의 눈물, 용서를 하되 잊지는 말자는 명언도 떠올랐다.

죽창을 들고 있는 결기에 찬 투사 기운이 느껴지는 어머니, 죽은 아들 시신을 지게에 지고 가는 아버지의 슬픔, 동포에게 총을 겨눌 수 없다며 처형당하는 군인, 치마폭에 숨겨 네 아이를 살린 어머니를 표현한 박경훈의 그림과 이산하의 시는 과거의 아픔을 아리게 다가오게 했다.

문제는 과거 역사의 진실 규명과 명예회복이, 75주년이 되는 지금도 이루어지지 않고 있다는 것이다. 일부에서는 여전히 모욕, 비방, 왜곡을 서슴지 않고 있다. 역사를 잊은 민족에게는 미래가 없다. 역사를 바로 보고, 진실을 구하며 올바른 미래로 나갈 길을 찾아야 할 것이다.

2부 다시 빛고을로

잊지 않겠습니다

지금도 2014년 4월 16일의 하루가 머릿속에 각인되어 있다. 제발 단 한 명이라도 구해달라고 매일 기도했던 시간이다. 9년이 흐른 지금도 여전히 기억이 선명하다. 국가란 무엇인가? 국민의 안전을 지키고 생명을 보호해야 할 국가의 당연한 의무를 뼈저리게 다시 생각했다. 망월동 무명열사의 묘비 앞에서 느꼈던 처참함이 다시 떠올랐다.

이른 아침 '광주 5·18광장'에 마련된 '기억하고 행동하는 광주시민 분향소'를 다녀왔다. 한참 동안 304개의 별이 된 앳된 얼굴들을 보며 미안함과 슬픔을 곱씹었다.

세월호의 아픔을 잊지 않겠다고 약속했지만, 이태원 참사로 158명의 별이 된 희생자를 마주하게 되었다. 서울 한복판에서 길을 걷다가 목숨을 잃어야 하는 이 나라의 기본과 원칙이 사라졌다. 진상규명도 처벌도 명확이 이루어지지 않고 반복되고 있다.

잊지 않겠다는 노란 리본과 보라색 리본을 기억해야 한다.

'잊지 않겠다는 약속, 안전한 대한민국 만들겠다는 약속'을 마음속에 다시 새기며 간절히 기도하였다. 가수 이승윤은 이날의 슬픔을 〈기도보다 아프게〉라는 노래로 불렀다. 노랫말 중 "미안해 그때 난 기도밖에 할 줄 몰랐어"라는 부분은 내 마음을 그대로 대변해주는 것 같다. 하지만 이제는 다짐한다. 그런 기도를 하지 않아도 되는 안전한 나라로 만들어 나가겠노라고. 기도보다 아프게 기억할게, 얘들아.

박승희 열사

2023년 4월 29일, '박승희 기억공간'이 개관하였다. 박승희 열사가 분신(1991년 4월 29일 분신)한 지, 32년 만에 그녀를 추모하는 공간이 열린 것이다. 이곳은 예약제여서 당일은 가지 못했고, 다음 날 아침에 급히 예약하고 갔다. 마침 비가 내리고 있었다. 대학 새내기 시절 승희학교를 통해 만난 승희 언니, 그 당시에는 너무나 오래전 일이라고 생각했다. 하지만 생각해보니 내가 입학할 날로 보면 5년도 채 안 된 일이었다. 승희 코스모스길을 걸으며, 코스모스 사이에 작은 승희꽃길을 걸었던 그날들을 기억한다. 당시 스물한이던 승희 언니의 얼굴이 너무나 앳되어 보인다.

영상실에서 박승희 열사 관련 영상이 한 시간 넘게 상영되었다. 화면에서는 열사들을 기리는 노래, 흑백사진 그리고 박승희 열사 30주기 추모 인터뷰가 흘러나왔다. 노랫말, 사진, 인터뷰 한 마디 한 마디가 너무 아프게 다가와 한참 동안 눈물 흘리며 자리에 앉아 있었다. 코스모스처럼 여리지만 강한 의지를 가졌던 승희 언니가 지금의 대한민국을 보면 어떤 생각을 할까….

박승희 기억공간

2부 다시 빛고을로

은사님과의 만남

　대학 시절 은사님을 사무실에서 뵙고 많은 이야기를 나누었다. 1970년대 대학시절을 지낸 교수님과 1990년대 후반 내가 보낸 대학시절을 이야기하였다. 지금도 그렇지만 기계공학과는 여학생이 많지 않은 학과였다.

　여학생이 워낙 귀했던 탓인지, 교수님은 늘 여학생을 교탁 바로 앞자리에 배치한 이야기. 아주 두껍고 무거운 원서를 남학생들이 들어준 이야기. 기계공학과 축제인 '치차제'. '글이모여' 편집부의《톱니바퀴》등. 다른 교수님들의 근황 등 오랜만에 감상과 추억에 잠겼다.

　하지만 '이공계'답게 교수님은 그런 감상에만 젖는 분이 아니었다. 출마하는 제자에 대한 걱정이 많았다. 조직은 어떻게 짤 것인지? 전략이 어떻게 되는지? 시대의 흐름과 정치, 광주의 여러 현안과 대학과 일자리와 인구절벽, 디지털 훈민정음…. 직면한 여러 문제에 관해 많은 조언을 해주셨다. 험한 정치판에 '선수'로 뛰어든 제자를 걱정하는 스승의 마음을 충분히 읽을 수 있었다. 한편 오랜 인연을 맺었던 많은 이들의 신뢰와 응원을 받고 있다는 느낌에 든든한 마음이 들었다. 흐리고 빗방울이 떨어지는 날, 날씨는 우중충했지만, 마음만은 화사해지는 시간이었다.

2부 다시 빛고을로

중외공원, 예술과 역사의 공간

중외공원 일대는 5월 항쟁 당시만 해도 공터와 5층 주공아파트, 크지 않은 주택과 작은 공장들이 모여 있던 곳이다. 당시 황석영 작가가 살고 있었는데, 그곳에서 <임을 위한 행진곡>이 탄생했다. 이 노래는 잘 알려진 대로 윤상원 열사와 박기순 열사의 영혼결혼식을 위해 만들어졌다. 가사는 백기완 선생님의 <묏비나리>라는 시가 원작인데, 황석영 작가가 개작한 것이다. 이 역시 꽤 알려진 사실이다.

하지만 <묏비나리>가 1979년 11월 24일, 명동YWCA에서 일어난 위장결혼식 사건으로 체포된 백기완 선생님이 참혹한 고문을 받으면서 썼다는 사실을 아는 이는 많지 않다. 위장결혼식 때문에 만들어진 시가 영혼결혼식을 위한 노래의 가사가 되다니…. 운명적인 노래가 아닐 수 없다. 아시아 여러 나라에서 이 노래를 부르는 것도 그만한 이유가 있는 것이라는 확신이 다시 들었다.

영혼결혼식의 두 주인공 윤상원과 박기순 두 열사와 작곡자 김종률이 모두 전남대 출신이라는 사실은 자랑스러운 일이 아닐 수 없다.

시립미술관에서 비엔날레전시관 가는 길에 김남주 시인을 기리는 〈노래〉 시비를 보고 시인을 기리는 마음으로 그분과 잠시나마 함께했다. 연둣빛 나뭇잎이 가득한 공원에서 산책하는 시민들. 자연과 어우러진 역사, 자연과 어울리는 예술작품을 만나는 일상 속의 빛나는 한순간이었다.

김대중 재단 그리고 아버지

2023년 5월 7일, '김대중재단 광주전남발기인대회'에 일원으로 참석했다. 앞서도 이야기했지만 김대중이라는 이름이 나오면 2009년에 김 대통령보다 몇 달 먼저 가신 아버지가 떠오른다.

초등학교 2학년 때까지 자전거로 등하교 시켜주던 아버지!
비나 눈이 올 때면 교문 앞에서 기다리던 아버지!
늘 막내딸을 믿어주고 울타리가 되어주었던 아버지!
김대중 대통령 당선을 누구보다도 기뻐했던 아버지!

'김대중재단' 국민을 마지막까지 믿고 사랑하셨던, 평생 민주주의와 인권·평화·복지·문화를 위해 헌신하셨던 그 정신을 계승하기 위한 곳이다. 권노갑 김대중재단 이사장의 격려사, 문희상전 국회의장의 축사를 들으며 김대중 대통령님의 철학과 업적을 다시 생각해볼 수 있었다.

　노사모 초창기 멤버인 나는 누구보다도 열렬하게 노무현 대통령을 지지했다. 하지만 생각해보면 정치가로서의 역량은 김대중 대통령이 한 수 위였다는 생각이 든다. 김대중 대통령은 경제위기 탈출, 남북화해 말고도 정보통신강국 만들기, 한류문화 기반 조성, 의료보험 통폐합 등 21세기 한국이 먹고사는 기반을 만들었다. 어쩌면 위대한 경세가로 더 평가받아야 한다고 확신한다. 지금 생각해보면 노무현 대통령은 대통령으로서의 업적보다도 인간으로서의 매력 때문에 국민의 사랑을 받는 것이 아닐까? 단순화하자면 김대중 대통령님은 존경하는 분이고, 노무현 대통령님은 사랑하는 분이다.

　"인생은 생각할수록 아름답고 역사는 앞으로 발전한다."

　평생을 고난 속에서 살아오셨던 분의 입에서 이러한 아름다운 표현이 나오다니. 맞다. 인생은 아름답고 역사는 발전할 것이기에, 오늘도 나는 하루하루 고군분투할 것을 다짐한다.

'별별 정치 축제'와 청년의 목소리

'민주정치 소행성'이라는 재미있는 이름을 단 모임이 2023년 5월 11일 광주5·18기념문화센터 대동홀에서 개최한 '별별 정치 축제'에 참여했다. '별별'이라는 행사명이 묘한 흥미를 느끼게 했다.

정치는 소신·행동·성과가 있어야 한다는 민주정치 소행성이 주최하고, 청소리와 김대중재단 청년위원회가 주관하는 행사였다. 이 행사는 다양한 목소리와 의견을 만들어 내는 장이었다. 그리고 민주화 운동의 성지, 광주에서 공존을 주제로 한 정치토론을 통해 다양한 시민들의 의견을 수렴하는 자리이기도 했다. 300여 명이나 되는 시민들이 참석해 성황을 이루었다. 이 축제에는 각 지역에서 청년정치에 관심 있는 사람들이 패널로 참석했다. 나도 그중 하나였다.

이날 행사에서는 '광주 민주주의 역사를 말하다', '시민사회

참여 활동의 역할과 방향', '청년들이 말하는 민주주의' 등 세 가지 주제를 놓고 시민들과 패널들의 자유토론이 진행되었다.

나는 '청년들이 말하는 민주주의' 주제의 패널로 참여하였다. '선거 연령 하향과 사회가 해야 할 일', 'MZ세대 사회적 인식과 정치권이 해야 할 일'. 주어진 질문은 이 두 가지였다.

선거연령의 역사를 보면, 1948년 대한민국 정부 수립 당시 21세, 1960년 민법상 성인 연령인 만 20세로 낮춰졌다. 2005년 선거법 개정으로 만 19세, 2019년 만 18세 이상으로 낮아지게 되었다. 여기서 선거연령이 21세부터 18세까지 낮아졌다는 것보다 더 중요한 것이 있다. 실질적으로 우리가 선거에서 정확한 판단을 할 수 있는지다. 전세 사기 사건으로 목숨을 스스로 끊은 청년들의 기사를 접하면서 정말 마음이 아팠다. 위기상황에 몰렸을 때, 대처할 수 있는 방법을 우리가 어떻게 배울 수 있는지 생각해 보아야 한다.

기성세대도 선거 시스템에 대해서 잘 알고 있는지 우리가 교육을 받았는지 생각해봐야 할 것이다. 국회의원 선거와 지방선거에서 정당과 국회의원 후보에게 투표하는 것이 어떤 차이가 있는지? 선거에 참여해서 좋은 정치인을 선택하는 것이 나의 삶에 어떤 영향이 있는지? 선출되는 정치인이 어떠한 일을 하고, 그 일들이 내 삶에, 국가에 어떤 영향이 있는지 잘 이해하고 있을까? 투표할 수 있는 나이가 한 살 더 줄어든 것이 중요한 것이 아니다.

선거에 대한 이해와 권리와 의무에 대한 교육과 사회적 인식 변화가 더 중요하다.

MZ세대의 사회적 인식과 정치권의 역할에 대해서 가장 먼저 해야 할 말은 MZ세대라는 단어 자체이다. MZ세대는 밀레니얼 세대와 Z세대를 통틀어 지칭하는 대한민국의 신조어로 1980년부터 2000년대에 출생한 사람으로 정의한다. 마케팅 측면이나 사회적으로 정의한 MZ라는 말을 정작 그 세대는 좋아하지 않는다. 대체로 MZ세대에 대한 인식이 긍정적이지 않기도 하다. Z세대라 정의되는 2000년대생들은 20~30년 선배세대인 1980년대생과 묶인다는 것도 유쾌한 것만은 아닐 것이다.

청년세대의 정치참여에 관해, 과거 2012년 청년 비례대표에 나갔을 때 상황을 이야기했다. 당시의 30대에 청년들의 문제를 지금도 그대로 이야기하고 있다. 청년 세대의 고민을 직접 해결하고 참여해야 하는데, 정치의 문턱은 너무나 높다.

별별 정치 축제의 패널로 참여했다.

참여를 통한 변화를 이야기했지만, 10년이 지난 지금의 현실은 어떠한가? 현실 정치에 청년의 참여는 너무나 힘들고 험난하다. 청년들이 세련된 정치인으로 성장할 수 있도록 정치 시민 학교 같은 체계적 시스템이 필요하다. 정치에 참여할 수 있는 경제적 지원도 중요하다.

정당들이 청년 가산점, 청년 특구 지정 등을 통해 기회의 문을 넓혀주려고 한다지만, 선거 때만 생색내듯 찔끔 실시하고는 만다. 선거 시기에는 청년정치가 필요하다고 정치권에서는 경쟁적으로 구애를 펼치지만, 선거 후에는 언제 약속이나 했냐는 듯 정치 현장에서 사라지는 구태가 오랜 기간 반복되고 있다. 청년은 나라의 희망이라고 하는데, 나라의 희망을 위해 어떠한 노력을 하고 있는지, 시스템화 되어야 하는 것에 대한 고민이 필요하다.

문득 10년 전 인터뷰 기사가 떠올랐다. '2030세대 비서들, 총선 출마 화제'라는 《내일신문》의 2012년 기사다. 과연 그때와 지금 무슨 차이가 있을까? 10년 전 30대 청년이었던 우리의 고민은 지금의 20~30대 후배들에게도 여전히 존재한다. 우리 스스로는 어떤 일들을 해왔는지 살펴보고, 앞으로 어떻게 할 것인지 반성해야 한다.

광주학생독립운동기념역사관

　　광주시 북구 누문동에 있는 광주학생독립운동기념역사관에 다녀왔다. 정문 앞에 새겨져 있는 광주일고의 교훈을 읽어보았다.

　　"다하라 충효, 이어라 전통, 길러라 실력"

　　과거에도 현재에도 여전히 우리가 기억하고 새겨야 할 가르침이 아닐 수 없다. 까마득한 연배의 선배님들이 겪어온 소중한 경험과 조언을 들을 수 있는 시간이었다. 광주는 잊지 않고 이어나가야 할 소중한 정신들이 많은 도시이다.

　　1894년 동학농민혁명의 중심지

　　1919년 3·10만세 시위,

　　1929년 11월 3일 학생 독립운동

　　1980년 5월 민주화 항쟁

　　1987년 6월 항쟁

광주시민들은 늘 시대정신과 정의를 실천하고 앞장서 왔고 늘 모범적이었다. 민주시민의 시대정신, 선배님들이 이어온 뜻을 잊지 않고 이어 나가는 6월이 되었으면 한다.

역사관을 다녀온 후, 한국 민주화를 지원했던 재일교포 조직인 '한통련'의 아픈 역사를 다룬《야만의 시간》을 읽었다. 그 단체의 간부였던 허경민은 2004년에야 정식여권을 받아 한국을 자유롭게 왕복할 수 있게 되었다. 그리고 그가 광주의 이 역사관에서 아버지 '허형두'의 이름을 발견한 것이다. 하지만 사진은 빈

칸으로 남겨져 있었다. 그는 아버지의 사진을 보내 빈자리를 채웠다. 그리고 2019년 11월, 아주 뒤늦게 독립운동자에 추서되고 대통령 표창을 받은 것이다. 우리나라의 슬픈 역사가 새삼 아리게 다가오는 일화다.

광주학생독립운동 역사문화박물관 관장님
과 함께

2부 다시 빛고을로

사람이 사람에게 기적이 되었던 5·18

'사람이 사람에게 기적이 되었던 5·18'. 이것은 5·18기념재단 박진우 부장이 '평화나무 기독교회복센터 5·18 특별강좌-교회에서 알려주지 않는 5·18이야기'의 강좌 제목이다.

그 강연에서 절대공동체를 이루었던 광주시민의 정신, 매혈이 아닌 헌혈, 따뜻한 주먹밥, 자신을 내던졌던 죽음의 행진, 질서정연했던 궐기대회, 도청에서의 최후 항쟁을 다시 만났다. 또한 1980년대 각 대학 신문으로 진실을 알리려 했던 노력의 흔적들 속에서 그 시절이 얼마나 엄혹했는지를 다시 확인할 수 있었다.

5·18 문제해결을 위한 5대 원칙은 '진상규명, 책임자처벌, 집단배상, 명예회복, 기념사업'이다.

그중 '진상규명'은 43년의 세월이 지난 지금에도 완전히 이루어지지 않았고, 책임져야 할 사람들은 사과 없이 세상을 떠났다. 따라서 진상규명은 여전히 진행 중이다. 민주와 인권이 중요하고, 차별과 편견을 극복하고 다시 통합과 연대를 보여주고 있는 5·18을 다시 생각할 수 있는 시간을 함께하고 싶다.

사람이 사람에게 기적이 되었던 5·18, 오월의 어머니의 힘, 주먹밥 정신을 이야기 했다. 5·18의 어머니는 긴 아픔의 세월을 지내면서도 끊임없이 사회의 아픈 곳을 보듬고 있다. 세월호 참사와 이태원 참사의 부모님을 위로하고 함께 한다. 박진우 부장은 완도에서 어린 시절 함께 성장해온 친척 오빠이기도 하다. 살아온 진정성을 믿기에 더 깊은 울림을 있었는지도 모르겠다.

교회에서 알려주지 않는 5·18 이야기 - 박진우 부장(5·18기념재단)

들불열사 합동추모식과 들불상 시상식

5월 27일 오전 11시부터 국립5·18민주묘지 역사의 문에서 진행된 '2023 들불열사 합동추모식 및 18회 들불상 시상식'에 참여했다. 추모식에서 7인의 들불열사(박기순, 윤상원, 박용준, 박관현, 신영일, 김영철, 박효선)를 추모하고, 그들을 기억하고 뜻을 따르자고 다짐했다.

이날은 43년 전, 광주항쟁의 마지막 날이자 윤상원, 박용준 열사가 산화한 기일이다. 박관현 열사 누님의 말씀에는 눈물이 날 정도로 그 아픔이 전해졌다. 1978년 시작한 노동야학인 들불야학 활동과 1980년 5월, 그리고 살아남은 분들의 고통스러운 삶과 죽음을 다시 기억했다.

제18회 들불상은 (사)일제강제동원시민모임이 수상했다. 시민모임은 일제강점기하 강제노역으로 돈 한 푼 제대로 받지 못하고 배고픔과 차별, 학대 속에서 가혹한 노동을 견딘 당시 피해자들의 아픔을 함께하고 일본의 사죄와 배상을 요구하는 활동을 해왔다. 또한 2018년 양금덕 할머니 등이 미쓰비시중공업 상대 손해배상 소송에서 최종 승소하는 데 큰 역할을 했다. 그리고 일제 치하 강제 동원 문제에 대한 진정한 사과와 책임 있는 배상요구 소송 등을 진행하고 있다. 이들처럼 한 사람 한 사람이 영원히 꺼지지 않는 역사의 들불이 될 수 있기를 희망한다.

들불열사 합동추모식 및 들불상 시상식

2부 다시 빛고을로

전남대학교 개교 71주년 그리고 《아버지의 해방일지》

6월 8일, 전남대 개교 71주년 행사에 초대받았다. 먼저 임병택 시흥시장의 자랑스러운 전남대인상 수상을 축하드린다. 임 시장님은 법대 출신이다. 2000년부터 노사모 창단멤버로 함께한 후, 긴 인연을 맺어왔다. '샤인'이라는 별명으로 활동했다. 이후 시흥을 기반으로 꾸준히 활동하여 도의원에 이어 재선 시장에 올랐다. 그 밖에도 학술상 및 여러 상을 수상한 분들께 축하의 인사를 전한다.

전남대에서는 한 책 읽기 운동을 벌이고 있다. 개교 71주년 기념식에서는 '2023 올해의 한 책'으로 정지아 작가의 《아버지의 해방일지》를 선포하였다. 많은 독자에게 사랑을 받는 책이다. 재미만으로도 본전을 뽑는 이 책을 더 많은 사람이 읽고 공유하기 바란다. 책에서 다음과 같은 내용이 인상적이었다.

위스키를 좋아하게 된 정지아 작가가 아버지에게 한 병을 보내드렸는데, 아버지가 그걸 소주와 막걸리로 바꾸어 먹었다는 사실을 알게 되어 '분노'했다는 대목이다.

아버지 배 속에 평생 소주와 막걸리밖에 들어간 술이 없다는 것을 참지 못했다던 작가의 고백이 너무 와닿았다. 한편으로는 책으로나마 효도를 할 수 있는 작가가 부러웠다. 나는 아버님께 무엇을 했단 말인가.

책과 별개로 하고 싶은 말이 있다. 조금만 유명해지면 사람들은 활동무대를 대부분 서울로 옮긴다. 서울살이에 지쳐서인지 고향은 관심에서 후순위가 된다. 안타깝지만 이것이 현실이다. 그런데 정지아 작가는 구례로 내려와 활동하고 있다. 그 점을 높이 평가한다. 나도 고향에 내려와 정치를 시작하고 성과를 내고 싶다.

2부 다시 빛고을로

다시 그리는 민주주의

한국 민주주의 역사에서 가장 중요한 날 중 하나인 6월 10일. 5·18민주광장에서 '2023 세계 지성이 광주를 말하다' 축제가 열렸다. 2021년 시작한 이 융합예술축제는 올해로 제3회째이다.

그날 5·18민주광장에서 '민주한마당', '광주정신토크쇼', '대동의 춤+음악 공연', '오월정신 릴레이드로잉' 등의 다양한 행사가 진행되었다.

특히 '오월정신 릴레이드로잉'에서는 한희원, 홍성담 등 50명의 전문작가와 시민작가 등 100명 이상이 '다시 그리는 민주주의'를 주제로 한 그림을 그렸다.

운 좋게 그림 그리는 과정을 볼 수 있었다. '민들레 홀씨와 희망의 주먹밥', '꽃신과 나비와 풍자 나무'가 그려지는 모습, 걸개 그림이 마무리되는 과정도 살펴보았다.

민들레 홀씨의 뿌리가 동그란 주먹밥이 되어 날아가는 인상
적인 퍼포먼스를 보면서, 1980년 5월 광주의 주먹밥 정신이 온전
하게 이어오고, 더욱 퍼져나가길 희망했다. 꽃신과 나비 그리고
풍자 나무를 보면서, 세월호와 종군위안부 소녀의 아픔과 원칙
도 상식도 없는 현 정부의 현실을 환기할 수 있었다.

　　'자전거와 꽃바구니' 퍼포먼스를 하는 감독님과 기념사진도
찍는 작은 행운도 누렸다. 오월어머니와 시민들의 자유로운 춤
사위와 음악이 함께하는 늦은 밤의 5·18민주광장. 그곳에서
6·10 민주항쟁에서 민주주의를 외쳤던 시민 정신을 되새길 수 있
었다. 5·18정신과 6·10정신의 의미 있는 만남의 장이었다.

6월 25일. 운암성당

6월 25일. 이날 어떤 참극이 벌어졌는지를 모르는 한국인은 없을 것이다. 그래서 한국가톨릭은 이날을 '민족의 화해와 일치를 위한 기도의 날'로 지정했다. 2023년은 한국전쟁 발발 73년, 정전 협정이 체결된 지 70년이 되는 해다. 수백만의 소중한 생명을 앗아간 전쟁은 아직도 공식으로 끝나지 않았다.

끝내지 못한 이 대결은 지금도 평화를 위협하는 근본 원인이 되고 있다. 따라서 민족의 화해와 일치를 위한 기도의 날에 우리는 평화의 소명을 더 깊이 성찰하지 않을 수 없다. 신부님께서 국가의 평화를 위해 기도하고, 국민을 위한 정치를 기도하고, 교회와 가정을 위해 기도하였다. 마음에 와닿는 간절함이 서린 말씀이었다.

함께 배우고, 소통하고, 걸으며 아픈 역사의 오늘이 내일로 더이상 이어지지 않기를 바랐다. 그리고 같이 기억하고 이어 나갈 수 있는 나날이 되기를 기원했다.

  개인적으로 세례를 받으려 예비자 교리를 공부하는 중인데,
따뜻한 마음으로 맞아주신 모든 분께 늘 감사드린다.

해태, 기아, 광주의 야구 꿈나무

야구는 특별한 의미가 있는 스포츠다. 야구장에는 노사모 활동을 하면서 처음으로 갔다. 동서화합 야구대회, 그날 해태 타이거즈의 시즌 마지막 경기가 있었다. 그다음 야구장에 간 것은 해태 타이거즈에서 기아 타이거즈로 이름을 바꾸고 첫 경기를 치르는 날이었다. 삼성과의 경기였는데, 동서화합의 상징을 보여주고자 광주 노사모는 삼성을, 부산 노사모는 기아를 응원했다.

2009년은 MB정부의 엄혹한 시기였다. 김대중과 노무현, 국가의 큰 어른이 떠나 힘들고 즐거운 일이 없던 때였다. 서울에 사는 광주 사람들과 만나 기아타이거즈의 경기를 보는 것이 유일한 낙이었다. 그해 기아의 우승은 그나마 위안이 된 사건이었다.

2023년 나는 광주광역시야구소프트볼협회 부회장으로 활동하면서 초등부 저학년 고학년 야구 경기를 참관하곤 했다.

8월, 첨단야구장서 열린 제3회 '광주시야구소프트볼협회장배 초등학교 저학년 야구대회' 경기는 정말 극적이었다. 결승전은 심장이 쫄깃할 정도로 긴장감 넘쳤다. 결승전에서는 화정초와 수창초가 맞붙었다.

준결승에서 학강초에 대승한 기세로 경기를 이끌었던 화정초는 6회 말 2아웃, 수창초를 상대해 7:1로 승리의 문턱까지 왔다. 참고로 초등학교 저학년 야구대회는 6회까지만 한다. 하지만 준결승에서 서석초에 대승한 수창초의 기세도 만만치 않았다. 안타와 도루로 기세를 잡았고, 무려 7 득점하며 역전, 우승컵을 품에 안았다.

끝날 때까지 끝난 게 아니다. 포기하지 않는 선수들의 모습이 정말 아름다웠다. 최선을 다해준 멋진 초등부 야구 선수들, 응원한다.

2부 다시 빛고을로

한새봉, 도심 속의 자연

 광주 북구 일곡동에는 '한새봉농업생태공원'이 있다. 일곡동 주민들이 6년 동안 가꾸어온 개구리논 일대를 광주시가 농업생태공원으로 조성하였다. 한새봉에 깃들어 사는 생물 중 하나인 개구리를 내세워 논의 이름도 '개구리논'이라 지어주었다. 2016년 농업생태공원이 조성되어, 광주시민들의 농업·생태 체험공간으로 이용되고 있다.

 바람길도 없이 빽빽하게 들어선 아파트와 열기를 뿜어내는 아스팔트 도로로 삭막한 도시의 삶. 한 번씩 한새봉에 가면 공기도 맑고 눈과 마음이 시원해서 좋다.

 5월 '한새봉개굴장-떠들썩봄장'이 열렸다. 푸른 한새봉 아래에 파전 냄새가 풍겼다. 김부각, 누룽지, 빵과 커피, 핸드매이드 모자와 명함 지갑, 그리고 갖가지 모종들까지. 다양한 맛은 물론 멋과 생명까지 볼 수 있었다.

친구와 친구 어머니가 나와 함께 개굴장에 들렀다. 장을 둘러보며 정성과 땀으로 만들어낸 귀한 선물을 양손 가득 샀다. 나는 친구 어머니 선물을, 어머니는 내 선물을 계산했다. 자연을 품은 한새봉에서 더불어 사는 사람들의 향기가 피어올랐다.

한새봉농업생태공원 간판

시민들이 마음 편히 쉬고, 즐기고, 씩씩하게 걸을 수 있는 길과 생태공원이 더 많이 생겼으면 좋겠다. 광주 북구에서 무등산 자락인 군왕봉부터 삼각산, 한새봉, 매곡산, 운암산 등을 거쳐 영산강까지 이어지는 친환경 산책로·생태통로를 만든다고 한다. 이름하여 '시민의 솟음길'이다. 총길이 23.5km의 이 길을 다니며 사람들이 마음의 평화와 건강을 얻었으면 하는 바람이다.

광주의 긴 역사를 품고 광주가 만들어온 스토리가 있는 길이 생기면, 그 길을 따라 광주의 멋과 낭만을 느낄 수 있을 것이다.
물론 자연 보존은 선택이 아닌 필수다.

한새봉농업생태공원 전경

효사랑 한마음잔치

2023년 5월 광주 북구 매곡동에 있는 대한적십자사 광주지사 체육관에서 '효사랑 한마음잔치'가 열렸다. 어르신 400여 명을 초대해 벌이는 규모 있는 행사였다.

이날 참석하는 사람들이 먹을 수 있는 음식을 준비하는 솔잎쉼터봉사회 회장님을 도왔다. 자원봉사자들과 야채를 손질하고, 홍어무침과 불고기 등 음식을 준비했으며, 후식인 바나나를 씻는데 손을 보탰다.

커다란 솥에서 불고기를 익히다가, 야채를 넣고 긴 나무 주걱으로 휘젓는 것은 생각보다 어려운 일이었다. 그런 수고로움을 견디며 대접할 음식을 정성껏 준비하는 봉사자들의 마음이 잘 느껴졌다.

모든 잔치 현장에는 눈에 띄는 데서 인사하고 행사를 진행하는 사람이 있다. 하지만 보이지 않는 곳에서 묵묵히 행사를 준비

2부 다시 빛고을로

하는 사람들도 잊지 말아야 한다. 눈에 띄지 않지만 소리 없이 봉사하는 손길은 아름다웠다.

 잔치의 주인공인 어르신들이 맛있게 드시고, 즐겁게 즐기시는 모습은 보기만 해도 흐뭇하였다. 오래오래 건강하시기를….

효사랑 한마음잔치 음식준비

솔잎쉼터봉사회와 건강한 밥상

6월부터 매주 수요일에 운암동 참빛교회에서 '건강한 밥상, 행복나눔 밥상' 행사를 시작했다. 솔잎쉼터봉사회 부덕임 회장님의 건강한 음식 나눔에 대한 고집은 존경스럽다. 좋은 재료와 정성들인 음식을 준비해서 어르신들께 대접해야 한다는 생각이 봉사자 한 사람 한 사람에게 전달된다.

디지털 시대 공감은 디지털 훈민정음 마스터와 함께 식사 전 간단한 디지털 기초 교육을 진행한다. 이름 써보기, 은행 돈 찾기 같은 훈련을 한다. 매주 만나 배우지만 까먹는다는 어르신과 반복 교육을 진행한다. 교육을 하면서 대화도 많이 나눌 수 있다. 어르신들의 고민과 생활에 대해서 더 공감할 수 있는 시간이다.

식사와 배식, 포장하는 일까지 맡았는데, '너무 잘 먹었다, 고맙다'는 어르신들을 뵈니 피로가 싹 가셨다. 그분들은 매주 수요일 점심이 기다려지신다고 했다.

좋은 재료로 맛있는 음식을 만들도록 후원하는 여러 기관, 건강한 음식을 준비하는 솔잎쉼터봉사회 여러분 모두에게 감사와 격려의 인사를 전한다.

행복나눔밥상 활동

북구를 거닐다

　　무성한 풀들 사이에 비를 머금은 나리꽃이 아름다움을 더하는 날, 북구를 구석구석 돌아보았다. 광주예술의전당에 가면 〈임을 위한 행진곡〉의 악보 조형물이 있다. 노랫말을 지은 황석영 선생의 집터가 광주예술의전당 근처였기 때문이다. 국악당 앞에는 대한민국의 국악인, 판소리 명창 임방울 선생의 상이 있다. 〈임을 위한 행진곡〉 악보 조형물과 임방울 선생님 동상을 보며 전통적으로 이어온 판소리와 창부터 현재 광주에 이어온 음악적 자산에 대해서 스토리텔링을 하면 어떨까 아이디어가 떠올랐다.

　　전남대 치대 앞에는 우리나라 메타세쿼이아의 어머니뻘인 메타세쿼이아 종주목이 있다. 즉 그 나무가, 전국 메타세쿼이아의 뿌리가 되는 나무라는 것이다. 유명한 담양의 메타세쿼이아길도 종주목에서 비롯된 것이다. 그저 멋진 풍경이라고만 여겨졌던 메타세쿼이아 나무가 달리 보였다.

2부 다시 빛고을로

'임을 위한 행진곡' 악보 조형물 앞에서

금성 범씨(錦城范氏) 집성촌이 있는 생용동에 가보았다. 일곡동에 있는 '절효사'에 가보았다. 이곳은 광산 노씨 선조인 노준공을 모신 사당이다. 또 오치동에 있는 노씨삼릉단을 들렀다. 삼릉단을 관리하는 분이 '노무현과 노태우 두 명의 대통령이 나왔고, 앞으로 한 분의 대통령이 더 나올 것'이라는 말을 했다. '두 분의 임금이 나온 셈인데 교통이 좋지 않으니 나중에 꼭 챙겨 봐달라'는 부탁도 덧붙였다.

월출마을을 걸어보고 야경이 아름다운 지야대교를 바라보았다. 연꽃으로 가득한 양산호수공원에 산책하는 시민들을 만났다. 수곡동 망월묘지공원에서 돌탑으로 쌓인 시민의 염원을 다시 보고, 땅에 박힌 전두환의 비석, 무명열사의 묘역을 둘러보았다. 아버지가 좋아했던 생고기가 유명한 용전동에 들렀다. 본촌동,

용두동, 지야동, 태령동, 효령동, 용강동, 생용동, 대촌동, 오룡동 마을을 두루 다녀보았다.

무심코 지나쳤던 장소 하나하나에 담긴 이야기를 들으니 모든 것이 새롭고 더 소중하게 보였다. '아는 만큼 보인다'는 말이 진리임을 새삼 실감하였다. 이 소중한 장소와 이야기가 이어져 관광 명소로 다시 태어날 수 있도록 복원하여 북구만의 문화를 만들어가고 싶다.

사람이 모이면 지혜가 모이고 커진다. "빨리 가려면 혼자 가고 멀리 가려면 함께 가라"라는 말이 있다. 동행이 더 빛나는 이유다. 빗속에서도 함께한 지인과 세미가와 빛나는 동행! 정말 즐겁고 고마운 경험이었다.

메타세쿼이아 종주목 앞에서

2부 다시 빛고을로

예술로 가는 느린 걸음

중외공원 가는 길은 빗방울을 머금은 연둣빛 나뭇잎의 생기로 가득했다. 중외공원 팔각정 무대에서 아코디언, 기타, 하모니카 연주를 멋지게 하는 어르신 팀의 연주가 있었다.

자연을 무대 삼아 좋아하는 악기를 연주하다 한 팀이 된 것 같지만, 그 어느 팀보다도 흥이 나고 즐거운 연주였다. 최선을 다해 성심껏 연주하시는 모습 자체가 보기 좋았다.

노년에 멋진 취미를 가지고 사람들에게 기쁨을 줄 수 있다는 것은 정말 멋졌다. 그런데 옆에서는 노르딕 워킹 동호회 분들이 걷기 연습을 하고 있었다. 아름다운 음악과 건강을 위한 걷기 연습, 묘하게 어울리는 장면이었다.

푸른 하늘 자연과 시원한 바람 속 멋진 자연 풍경의 무대 위에서 멋진 연주를 즐길 수 있었다. 비가 오면 연주하지 못할까 걱정했는데, 다행히 할 수 있었다. 오늘 연주회에 참석한다는 약속을 지킬 수 있어 다행이었다. 반갑게 맞아주셔서 감사하고, 힐링이 필요할 때 또 함께하겠다는 약속도 했다. 생활 속 문화가 숨쉬는 광주는 사랑할 수밖에 없는 도시가 아닐 수 없다.

중외공원 - 예술로 가는 느린 걸음

2부 다시 빛고을로

3부

세미가의 JOB想

언어의 품격

정치의 언어에도 품격이 있으면 좋겠다. 정치에 품격이 사라지고 대화도 사라졌다. 과거보다 정치의 양극화가 훨씬 심화하면서, 정치인들의 상호비방이나 막말 수위, 단어의 선택이 심해지고 있다. 이러한 언어는 국회의 품격을 추락시킨다. 이를 들어야 하는 국민에게 정치 혐오를 주고 있다. 좋은 말이 좋은 정치를 낳는다.

가장 공식적이어야 하는 대통령의 8·15 광복절 경축사의 발언 중 일부를 보면, "공산 전체주의를 맹종하며 조작선동으로 여론을 왜곡하는 반국가 세력들이 활개 치고 있다"라고 했다.

대통령의 언어 중 바이든 논란의 "쪽팔린다." 이동관 방통위원장의 '공산당 기관지', 야당 국회의원의 '깐죽거린다.' 여당 대표 교섭단체 연설 중 '땅 파세요. 땅·땅·땅!', 야당 대표의 단식에 '웰빙 단식, 출퇴근 단식, 12시 신데렐라 단식' 등등. 여야를 막론하고, 최소한의 예의를 지키는 품격 있는 정치의 언어를 보고 싶다.

또한 해학이 느껴지는 정치언어도 간절하게 원한다. 노회찬 의원, 한승헌 변호사 같은 사람을 정치판에서 찾아볼 수가 없다. 돌아가신 두 분의 빈자리가 너무나 크다. 난 자리 든 자리라는 말이 가슴 아프게 와닿는다.

정치인의 언어는 국민을 향한 공적인 언어다. 정치인의 말은 한 사람의 입에서 나오지만, 수많은 사람의 귀로 들어간다는 것을 기억해야 한다.

지방소멸에 대한 고민

　일제강점기 일부 지역에서 시작된 산업화는 1960년대부터 본격화되면서 한국 사회를 완전히 바꾸어 놓았다. 특히 급격한 도시화를 가져왔다. 구로나 부평, 안산 등 수도권에도 공단들이 들어섰지만, 경공업 중심이었다. 기본적으로 제조업, 특히 중공업은 지방도시가 맡았다. 그리고 행정·정치·금융 등의 서비스업과 문화와 고등 교육은 서울이 담당하는 일종의 분업구조가 확립되고 이는 20세기 말까지 이어졌다.

　하지만 산업화와 고도성장 시대가 끝나가면서 인구의 수도권 집중 현상이 더욱 강해졌고, 특히 젊은 세대의 경우는 더 강하게 나타난다. 그 결과 현재 대한민국 전체 면적의 12% 정도에 불과한 수도권에 전체 인구의 절반 이상이 집중되기에 이르렀다. 인구 집중보다도 다른 분야의 격차가 더 크다는 게 심각한 문제이다.

수도권은 국내 100대 기업 본사의 95%, 20대 대학의 80%, 국내 5대 병원의 모든 본원, 예금의 70%가 몰려 있다. 심지어 신용카드 사용액의 70% 이상이 수도권일 정도다. 이는 참여정부 시절 추진한 세종특별자치시와 혁신도시가 실현되어 중앙부처, 그리고 공기업과 공공기관의 이전이 대부분 이루어졌음에도 나온 결과이기에 더 심각하다. 이런 우리나라의 수도권 집중 현상은 인구 5천만 이상의 나라 중에서는 유일하게 나타난다. 도쿄 집중 현상에 골머리를 앓고 있는 일본조차도 수도권 집중률은 35% 정도다. 인천도 계속 팽창하고 있다. 몇 년 전 대구 인구를 넘어서 국내 세 번째 도시가 되었다. 가까운 시기 내에 부산마저 능가하여 두 번째 도시가 될 것이다. 이러한 현실은 수도권 집중도를 여실히 보여주고 있다.

수도권 집중에 대응하여 부산, 울산, 창원, 김해, 양산을 아우르는 부·울·경 메가시티와 대전, 청주, 세종, 천안을 묶는 충청권 메가시티가 떠오르고 있다. 대구·경북과 호남도 메가시티를 만들자는 움직임이 있지만 솔직히 말하면 위 두 곳보다 가능성은 작아 보인다.

지방행정단위를 '지방자치단체'가 아니라 '지방정부'라고 칭하는 것도 문제이다. 우리나라의 도지사에 해당되는 성장이나 시장을 중앙에서 임명하는 중국도 지방행정단위를 성정부, 시정부라고 한다. 지방자치단체라고 칭할 이유가 없기 때문이다. '지방정부'라는 표현은 중앙집권적 사고에서 나온 것이다. 지방은 자치단체가 아니라 중앙에서 관리하는 행정단위라는 생각이다.

우리나라의 지방소멸 위기는 지방 주민 스스로가 자초한 면도 적지 않다. 하지만 윤석열처럼 남 탓만 하고 있어서는 안 된다.

"말은 제주도로, 사람은 서울로", "모로 가도 서울만 가면 된다"라는 속담이 있고, 모임에서 잡담을 하면 "지방방송은 끄라"는 언어폭력에 가까운 관용어가 있을 정도로 한국인의 중앙지향성은 뿌리가 깊이다.

지방방송 이야기가 나오면 떠오르는 것이 있다. 20여 년 전 광주MBC의 《윤진철·강현구의 얼씨구 학당》이다. 판소리 선생님과 어린 학생들이 판소리를 배우는 프로그램이었다. 선생님의 구수한 사투리에 어린아이들의 귀여운 목소리로 씨실과 날실처럼 엮이는 판소리 한 가락이 나온다. 열심히 따라 하다 보면 자신도 모르게 샌 소리도 나오고 그 모습이 우스워 폭소를 터뜨렸다.

매주 일요일 오전 8시부터 1시간 동안 방송되는 이 프로그램은 국악의 대중화를 시도한 방송이다. 지역 출신 소리꾼 윤진철(중요 무형문화재 제5호 이수자)과 민속연구가인 강현구(광주 금호고 교사)가 공동으로 진행했다. 광주를 떠나 서울에서 생활하면서도 광주의 색을 잘 나타낸 이런 프로그램을 홍보했고 자랑스러웠다. 하지만 지역색을 나타내는 이러한 방송도 사라진 지 오래다.

조선시대에 지방관들은 모두 중앙정부에서 임명했고, 지방영
주는 아예 존재하지 않았다. 이렇게 지방분권의 역사가 거의 없
었던 우리나라는 향토의 인재를 서울로 보내 출세시키는 것을 당
연시하는 문화가 지배했다. 따라서 서울에서 출세한 인물들이
자신의 권력을 이용해 고향에 예산을 뿌려주는 식의 수직적이고
어찌 보면 시혜적으로 볼 수 있는 관계 역시 자연스럽게 받아들
였다. 많은 지방정부가 자기 도시를 '한국 정신문화의 수도', '산
업 수도', '환경수도' 등으로 자칭하는 것도 역설적으로 중앙지향
성을 증명하고 있는 셈이다. 서울이 '무슨 수도'라고 주장한 것
을 들어본 이는 없을 것이다.

　　따라서 지역사회에서는 출향 인재들에게 향토장학금을 지급
하고 심지어 지방정부 예산으로 서울 내 기숙사(학사)까지 지어
적극적으로 지원했다. 이렇게 해서 중앙정부나 수도권의 기업, 언
론사, 대학 등에서 성공한 지역인재들은 대부분 수도권에 자리
잡고 생활하며, 은퇴 후라도 귀향하는 경우는 많지 않다. 노무현
전 대통령의 낙향 이후 관광객들의 봉하마을로 몰려든 현상이
일어난 이유는 그만큼 우리 사회 엘리트들의 낙향이 드물다는
것을 증명하는 사례일 것이다.

　　대통령 예를 들었지만, 수도권에서 출세한 지역출신 인재들
이 고향에 얼마나 공헌하는가에 대해서도 내가 과문한 탓인지
몰라도 별다른 연구조차 이루어지지 않고 있다. 게다가 소위 '인
서울(in seoul)' 열풍으로 지방대학들은 거의 고사 위기에 처해

있다. 20년 전 정도만 해도 서울의 명문 사립대학에 진학할 수 있는 실력이 있는 학생 중 일부는 가정형편 등으로 지역 국립대학을 가는 경우가 많았다. 하지만 이제는 거의 없다. 그나마 양성된 우수한 교수들도 서울 소재 대학들에게 빼앗기고 있는 실정이다. 지역 사립대학은 더 열악하여 아예 존폐의 위기까지 몰리고 있다.

최근 한국 사회를 지배하고 있는 고령화, 저출산, 저성장이라는 3대 메가트렌드는 지방도시 쇠퇴를 더욱 가속화하고 있다. 국가의 산업육성 정책이 수도권이나 메가시티 위주로 진행되고 있어 지방 도시에는 산업이 발달하지 못하고 좋은 일자리도 부족한 실정이다.

특히 인공지능과 로봇이 중심이 되는 4차 산업혁명은, 단순 제조업에 의지하는 경우가 많은 지방 중소도시에 더 큰 타격을 입히고 있다. 창조적인 직종의 일자리가 풍부하다면 사라지는 직종의 자리를 대체할 수 있겠지만, 지방 중소도시에 이런 일자리는 거의 없다. 따라서 지방 소도시에서는 젊은 인구가 유출되고 기존 장년층들은 노령화되면서 문화적 소외가 극심해지고 있다. 또한 교통망이 대도시 위주로 집중되면서, 지역이나 지방 소도시의 주민들은 교통소외도 느끼게 된다. 그뿐만 아니라 얼핏 보면 평등하게 보이는 디지털 정보에서도 전파자가 없는 경우거나 대도시에 비해 훨씬 늦기 마련이어서 불평등한 접근이 발생한다.

이는 결국 격차로 이어지는 결과를 낳고 만다. 디지털 시대 공감을 만들고 여러 곳을 뛰어다니며 강연을 하는 이유다.

색깔 있는 관광산업 육성

"광주에 오면 어디를 가야 할까요?"

이 물음에 딱히 답을 해주지 못한다. 광주가 이미지화·브랜드화 되어 있지 않거나, 시민들에게 인지가 되어 있지 않다. 광주를 알아보기 전에 우리나라의 지방정부들이 무슨 일을 했는지 알아보자.

매력적인 경관을 가진 것도 아니고 역사적인 장소나 문화재를 보유하고 있지 않은 지방정부도 대부분 관광사업 육성에 나섰다. 수도권 지하철 역사에 즐비한 지역여행 광고가 이를 증명하고 있다. 적은 투자 비용으로 높은 효과를 얻을 수 있기 때문이다. 대표적인 아이템은 축제, 촬영 세트장, 레일바이크, 출렁다리, 특산물 관련 박물관, 스카이워크 등이다.

소프트웨어 분야를 먼저 살펴보면 지역 축제를 들 수 있다. 광역과 기초, 시와 군을 막론하고 모든 지방정부가 많건 적건 지역축제를 열고 있다. '보령 머드축제', '함평 나비축제', '화천 산천어축제', '진주 남강유등축제', '영광 불갑산 상사화축제' 등 성공하여 지역 이미지 제고와 경제에 큰 도움을 준 예다. 하지만 부작용도 있다. 지나친 상업화나 바가지요금, 지역주민 소외 등으로 인한 논란이 적지 않게 발생하고 있다. 또한 그 나물에 그 밥 같은, 빼다 박은 듯한 축제콘텐츠들도 문제다.

　하드웨어 분야에서는 레일바이크, 출렁다리, 케이블카, 촬영 세트장 등을 들 수 있다. 폐선된 강원도 정선군의 '구절리역-아우라지역' 구간에서 운행된 '정선레일바이크'가 국내 최초의 레일바이크다. 정선은 이광재 의원의 지역구여서 많은 지원을 하기도 했다. 점점 인기를 끌어 관광객이 몰리자, 전국 각지(가평, 양평, 원주, 아산, 문경, 진주, 김해, 의왕, 곡성)에 레일바이크가 생겼다. 일부 지역에서는 폐선로를 활용하는 것이 아니라, 레일바이크용 선로를 새롭게 깔기도 했다. 의왕시가 대표적인데 왕송호수변을 도는 레일바이크 노선을 개통했다.

　철로 폐선 지역은 대부분 폭이 좁아 개발이 쉽지 않다. 또 주변 환경이 낙후되어 있어 활용 방안이 마땅치 않다. 그런 상황에서 당장 수익과 실적을 내는 데는 레일바이크만 한 게 없다. 하지만 이렇게 천편일률적으로 레일바이크를 만드는 것만이 유일한 대안인지 생각해봐야 한다. 다른 활용 방안이 없을지 지방정부와 주민들의 머리를 맞댄 고민이 필요하다.

출렁다리의 시작은 강원도 원주 소금산 출렁다리다. 길이 200m, 높이 100m, 폭 1.5m로 당시에는 국내 최장이었다. 역시 이광재 의원의 지역구였다. 이 출렁다리는 '구름 인파'라는 뉴스 기사가 나올 정도로 엄청난 인기를 얻기 시작했다. 한국관광 100선에 선정되기도 한 이 출렁다리는 관광 불모지 원주를 관광도시로 변신시키는 데 일등공신 역할을 했다.

출렁다리 역시 레일바이크 사례처럼 수없이 복제되었다. 전남 장성, 충남 예산과 논산, 충북 제천, 단양, 충주 등 호수를 끼고 있는 지역에서 경쟁적으로 출렁다리를 만들었다. 현재 전국에서 개통된 출렁다리는 200개가 넘을 정도다.

촬영 세트장은 레일바이크나 출렁다리에 비해 비용이 많이 드는 시설임에도 약 30곳에 달할 정도로 많다. 문경, 순천, 오산, 창원, 합천, 나주, 하동, 울주, 제주, 부여, 태안, 태백 등에 세트장이 있다. 합천은 근현대 서울, 나주는 삼국시대, 순천은 서울 달동네와 변두리, 창원은 해양, 하동은 소설 《토지》의 최참판댁 등으로 나름대로 차별화되어 있다. 문경 등 일부에서는 성공적으로 운영하고 있다. 결은 다르지만 교도소를 촬영장으로 만들어 상당한 성공을 거둔 장흥군 예도 있다.

하지만 대부분 세트장은 해당 드라마나 영화가 인기 끌 때만 반짝 특수를 누린다. 이후에는 방문객이 급감하여 애물단지로 전락하거나 결국 철거되는 실정이다.

촬영 세트장 난립은 방송국, 영화사, 외주제작사와 지방정부의 이해관계가 맞아서 일어난 현상이기도 하다. 방송국과 외주제작사들은 제작비의 상당 부분을 지방정부에 떠넘기기 위해 과장된 자료와 홍보물로 현혹한다. 지방정부 역시 단기간이나마 홍보효과가 뚜렷한 촬영 세트장 건립을 통해 치적을 알리고 실적을 쌓으려는 의도가 맞아떨어진 것이다.

2014년 12월 여수해상케이블카가 개통하였다. 매년 200만의 관광객을 불러 모으며 이른바 대박을 쳤다. 2019년 9월, 목포에서도 3.23km에 달하는 해상케이블카를 개통한 후, 거의 800만에 가까운 관광객이 몰려들었다. 두 케이블카의 성공으로 사천, 춘천, 부산 송도 등에서도 케이블카를 설치했다.

현재 레일바이크, 출렁다리, 촬영 세트장은 희소성이 사라지며 관광객의 발길이 줄어들고 있다. 우후죽순 세워진 이런 시설들은 중복투자에 따른 예산 낭비일뿐 아니라 안전 사각지대가 될 수 있다는 지적까지 나오고 있다.

각 지역의 고유의 역사와 전통, 콘텐츠를 가진 색깔 있는 관광과 체험이 필요하다. 광주가 가진 역사와 전통, 맛과 멋을 가진 관광 산업에 대한 지혜를 모아야 할 때이다.

광주의 색깔을 드러내는 이미지

　광주시립미술관에 광주만의 특징이 있는 전시관이 있으면 좋겠다. 도서관도 그냥 도서관이 아니라 콘셉트가 있는 도서관이 필요하다. 작품 중에서도 이미지화되어 상징이 될 수 있는 작품이 필요하다. 그 작품을 찍기 위해서 꼭 가야 하는 킬러 콘텐츠가 필요하다. 비엔날레전시관, 시립미술관에 전시된 작품, 중외공원의 진열된 조각 중 꼭 감상하고 가야 할 것들이 필요하다.

　광주 북구의 도로표지판을 보면서 역사 인물과 시가문화권의 흔적을 만날 수 있다. '시가문화권 및 광주 역사인물'을 선정해 도로이름으로 명명했다. 북구가 시가문화권 인물을 선택한 것은 사림 정신과 광주 정신의 맥이 맞닿아 있다. 사림의 역사와 광주 정신, 다른 지역에 비해서 문화화시키지 못한 아쉬움이 있지만, 도로명에서 흔적을 만날 수 있어 다행이다.

특히 시가문화권은 일대가 무등산과 함께 북구지역을 포함하고 있어 출신들의 인물을 도로이름에 부여한 것은 잘 기획한 것 같다.

동운고가에서 태령동까지 구간은 '하서로(河西路)'다. '하서'는 김인후의 호다. 문묘에 신라에서 조선시대의 열여덟 명의 명현이 배향돼 있는데, 하서는 그중 유일한 호남인이다. 중외공원 하서중앙로에 하서 김인후 동상이 있다.

광천1교에서 일곡동까지의 도로, '설죽로(雪竹路)'는 독립운동가인 양상기 선생 호를 딴 것이다. 80여 명의 의병장을 이끌고 광주, 담양, 창평 일대에서 의병 활동을 하다가 짧은 나이에 생을 마감했다.

광주박물관에서 문흥동까지 도로인 서하로(捿霞路)의 이름은 서하 김성호의 호에서 땄다. 광주 충효리에서 태어나 식영정을 짓고 여러 문인들과 교유한 분이다.

우산로와 두암로를 통폐함한 면앙로(俛仰路)는 조선 중기 문신으로 '면앙정가단'의 창시자인 송순의 호에서 따왔다.

죽봉대로(竹峰大路)는 서구 농성동 농성 교차로와 북구 운암동 동운고가 북단 교차로를 잇는 도로로, 의병장 죽봉 김태원 장군의 동상이 있는 농성 교차로에서 운암동까지 이어진 길이다.

서방사거리에서 운암동을 연결하는 도로는 한말 의병장 서암 양진여의 호에서 따 서암대로(瑞菴大路)로 지었다. 신안동에서 일곡동을 연결하는 도로는 설죽로(雪竹路)인데, 설죽은 한말 의병장 양상기의 호이다. 양진여와 양상기, 두 의병장은 부자 관계다. 두 분 모두 1910년 대구교도소에서 교수형을 당해 순국하였다. 이외에도 광주의 대표 도로 충장로도 임진왜란 때 의병장 김덕령 장군의 호에서 딴 이름이다.

비엔날레전시관과 아시아문화전당을 어떻게 연결할지, 광주와 무등산의 많은 인물과 아름다운 풍경을 어떻게 스토리화하고 이미지화할지 고민해야 한다. 광주에 와서 반드시 먹고, 사고, 찍고 가야 할 것을 찾아서 대표 이미지로 만들어야 한다. 광주를 대표하는 축제를 연구해야 한다. 곳곳에 스토리가 있다. 이 스토리를 콘텐츠화 하고 관광과 연계할 방안 마련이 절실하다. 우선은 광주시민이 이해하고 인식하고 있는 브랜딩과 마케팅이 필요하지 않을까?

문화도시 중심 북구

광주비엔날레전시관에서는 제10회 디자인비엔날레가 한창이다. 비엔날레전시관에 들렀다가 광주민속박물관에 갔다. '다시 만나는 광주의 역사와 발자취'에 대한 문화해설사의 설명을 듣기 위해서였다.

임진왜란 당시 의병장이었던 김덕령 장군과 충장로, 고려말 명장이었던 정지 장군의 9대손이자 이괄의 난을 진압한 정충신 장군과 금남로, 조선의 성리학자 김인후와 하서로. 역사를 길의 이름으로 다시 만났다.

소총과 의병장의 총, 임진왜란의 거북선과 왜선, 경양방죽을 메워 조성한 주택단지, 태봉산의 흙 속에서 만난 태실 이야기, 금남로의 300년 역사를 품은 단풍나무 이야기도 만날 수 있었다.

중외공원 안중근 의사 기념 동상과 광주 독립운동 기념탑, 김남주 시인 노래비와 시립미술관 근처 다양한 동상을 꼼꼼히 살펴보았다.

무등산 분청사기 전시실

의병장 김덕령 장군 묘역 - 충장사

용봉제 산책로에서 요즘 건강으로 핫한 맨발걷기 어싱 (earthing)의 현장을 만났다. 건강을 위해 걷는 시민들에게 편하게 발을 씻을 수 있는 시설이 필요하겠다고 생각했다. 남도향토음식박물관에서 '북구예술, 맛있는 여행이 되다'라는 슬로건으로 북구여행에 관한 정보를 제공하고 있는데, 여기서 광주와 남도의 식문화에 대해서 보고 듣고 함께 추억을 나누는 시간을 가졌다.

　　광주민속박물관에서 27세에는 충신, 28세에는 반역자로 삶을 마감한 의병 김덕령 장군의 충장사. 형님의 죽음이 억울했던 김덕보가 자연으로 돌아가 세운 정자 풍암정의 이야기를 들었다.

　　무등산 분청사기 전시실과 도요지터를 살펴보았다. 청자와 분청사기, 백자까지 역사를 품은 층을 통해, 쌓아온 시간과 만남과 무등산에 도요지터가 많은 이유를 들었다. 도자기별 특징에 대한 설명도 들었다. 그리고 450여 년의 역사를 지켜온 버드나무를 만났다.

　　다시 한번 광주가 지닌 소중한 자산을 만났다. 잘 엮고 만들면 광주의 스토리와 브랜드를 더 많은 사람이 보고 느끼게 할 수 있을 것 같다. 평등의 산, 무등산에서 광주의 과거와 오늘 그리고 내일을 만났다.

북구의 학교들

북구의 학교를 둘러보았다. 100년 전통의 지산초등학교, 본촌초등학교, 양산초등학교, 대자초등학교, 운암초등학교 등. 학생들의 통행로를 살펴보았다. 안전한 곳도 있지만, 중간에 인도가 끊어진 곳도 있었다. 인도가 너무 좁아서 넓혀야 하는 곳도 있었다. 학생들의 안전한 등하교 대책을 고민하는 기회였다.

대학교들에도 가보았다. 서영대학교와 폴리텍대학교, GIST, 전남대학교, 광신대학교. 이곳들의 교정을 걷고 건물을 둘러보고 학교 현황을 살펴보았다. 서영대학교는 물리치료학과 대학원이 설립되었고, 소방 관련 전문 학과들에 대한 현수막을 둘러볼 수 있었다. 서영대학교 광주캠퍼스 안에는 서강고등학교 서강중학교, 서강유치원까지 있었다. 설립자의 아호를 딴 건물명들도 인상적이었다.

폴리텍대학교에는 학교 역사와 대한민국의 역사를 잘 정리해 놓은 연표가 있었다. 기술과 산업 인재 양성을 위한 현장이었다.

　　GIST는 큰 부지 대비 건물들 여유가 있어 좋아 보였다. 반면 전남대학교에는 너무나 건물들이 많이 들어와 있었다. 새로 생긴 생활관9도 가보았다. 광신대학교는 예배를 드릴 수 있는 성전이 두 건물로 이루어져 있다.

광주과학기술원(GIST) 입간판 앞에서

　　전남여자상업고등학교와 국제고등학교를 방문했다. 설립자 춘담 최병채는 춘태여자중학교, 춘태여자상업고등학교, 전남외국어학교, 화순신농중학교, 곡성 운룡초등학교를 설립했다. 설립자의 교육열과 평생 검소하게 살아온 삶이 인상적이었다. ‘세계로 가자’는 글로벌 정신을 가진 학교 곳곳이 잘 정리되어 있었다. 희망을 품고 도전할 의지를 일깨울 만한 글귀도 많았다. “세계를 향하여”, “청춘들이여 글로벌 꿈을 펼쳐라”.

　　전남여상에서는 1980년 5월의 꽃, 박금희 열사의 순의비도 만났다. 1980년 5월 당시 춘태여자상업고등학교(현재 전남여자상업고등학교) 3학년에 재학 중이던 박금희는 광주기독병원에서 헌혈을 마치고 돌아가다 계엄군의 총탄에 희생되고 말았다.

광주의 명문고인 고려고등학교와 중학교는 언덕 위의 높은 경사에 잘 다듬어진 조경이 아주 인상적이었다.

도전관, 승리관, 월계관, 오륜관 등 학교와 너무나 어울리는 건물명이 인상적인 광주체육고등학교를 빛낸 인물들을 살펴보았다. '거기에 중요한 한 사람이 빠졌다. 안세영 선수'라고 한 사람이 지나가면서 말했다. 부상 투혼, 미래 유망주, 아시안게임 2관왕의 모교다.

광주예술고등학교를 걸으며 보는 가을 하늘은 아름다웠다. 현장 실습 다녀오는 자녀를 기다리는 학부모들의 애정 어린 모습과 잘 어울리는 하늘이었다.

광주의 멋과 맛과 대학을 연결해서, 특성화하고 경쟁력을 강화할 수 있을까? 광주의 맛을 중심으로 맛 특화 학교를 만들고, 맛과 관련한 연구와 유통과 산업, 콘텐츠, 마케팅 기술이 어우러진 대학을 어떻게 만들지 고민했다. 세계로 미래로 가는 광주의 맛과 멋을 만들어 가고 싶다.

5·18과 세·미·가

5·18의 과거 정신과 현재, 그리고 미래를 이야기해보자. 아직도 규명되지 않은 5·18에 대한 진실 규명과 정신을 기리는 사업, 그리고 세계로 미래로 가기 위한 한 단계 도약이 필요하다.

현재 용서와 화해를 강요하는 것은 맞지 않는다. 미래를 위해 우리가 무엇을 할 수 있는지, 고민하고 방향을 정해가야 한다. 43년이라는 시간의 흐름이 다음 세대와 만났고 그다음 세대가 어떻게 인식할지 고민해야 한다.

경상도가 고향인 지인이 이런 이야기를 들려준 적이 있다. '아버지와는 5·18이 공산당의 소행이 아니라는 것을 일깨우기 위해 싸웠다. 다행히 지금 중학생 아들은 교과서에서 배워 그것이 민주화 운동인 것은 안다. 하지만 어쩌라고, 라고 말한다.'

5·18이 남긴 많은 자산이 있다. 주먹밥 정신부터 질서와 안전

한 길을 준비했던 민주 시민 의식, 마지막까지 도청을 지켰던 20인의 열사들과 이름 없는 많은 시민의 가슴 따뜻한 스토리. 이 이야기와 정신은 광주와 한국을 넘어 세계로, 미래로 나아가야 할 것이다.

이를 위해 무엇을 해야 할까? 각 단체의 입장이 다르고, 아픔의 깊이가 다를 것이다. 이제는 그 단계를 뛰어넘어 그다음을 이야기해야 한다. 시간이 더 지나면 그 뜻을 이어가고 생각할 수 있는 세대가 사라진다.

노무현 대통령과 김용갑 의원

앞서 노무현 대통령의 귀향 이야기를 했다. 여기서는 그와 관련한 잘 알려지지 않은 이야기를 하려 한다.

노무현 대통령의 귀향일인 2008년 2월 25일, 당시에는 진영에는 KTX 정차역이 없었다. 봉하마을과 가장 가까운 KTX역은 밀양역이었다. 노 대통령을 봉하마을까지 모실 차량과 수행원 그리고 환영객들이 밀양역에 모였다. 그런데 의외의 인물이 마중 나왔다.

밀양과 창녕을 지역구로 둔 '원조 보수' 김용갑 의원이었다. 그는 "내가 지난 5년 동안 노무현 대통령과 싸우기만 했지만, 오늘 귀향은 너무 환영합니다. 전직 대통령 중에서 고향에 내려오신 분이 하나도 없었는데, 처음으로 내려오셨기 때문입니다. 앞으로 다른 대통령님들도 퇴임 후 고향에 내려오셔서 고향 발전에 기여해 주시기를 바랍니다"라고 멋진 환영사를 해주었다.

정치판에서 보기 드문 미담이 아닐 수 없다. 그런데 이 미담은 거의 보도되지 않았다. 그렇게 '나라 걱정'을 하는 언론들이라면 이런 미담은 오히려 확대 재생산을 해야 하는 것 아닐까? 왜 보도되지 않았을지 생각해보았다. 조·중·동 등 보수언론이야 그렇다고 쳐도, 진보언론도 조용했던 이유는 무엇일까? 한참 만에 '답'이 나왔다. 이 미담을 띄우면 원조 보수이자 마지막 5공 인사 김용갑도 띄워야 하기 때문일 것이다. 쓸쓸한 현실이 아닐 수 없다.

이왕 김용갑 의원 이야기 나온 김에, 국회에서 겪은 그분과 관련한 일화를 소개한다. 386의원들을 만난 자리에서 김 의원은 이렇게 말했다. "나는 반공 보수주의를 밀고 간다. 그게 소신이니…. 386 초선의원들도 왔다 갔다 철새처럼 하지 말고 소신을 가지고 가라…." 인상적이었다. 생각은 다르지만 서로를 존중하는 의원님이라고 내 기억 속에 남겨두었다.

자존감은 어떻게 생성될까?

　　살면서 중요한 것 중 하나가 자존감이다. 자신을 존중하고 사랑하는 것, 그것이 가장 기본이다. 자신에게 존중받는 사람이 가족에게도 다른 사람에게도 존중받을 수 있다. 수천만 원짜리 옷을 걸치고 가방을 든다 해도, 자존감이 없다면 정말 그 사람의 가치가 드러나겠는가? 몸에 걸치는 명품보다 사람 자체가 명품이 되어야 한다. 스스로 명품이라는 자존감을 가지고 살아가는 것이 중요하다.

　　자존감은 어떻게 생성될까? 타고난다고 할 수도 있고, 가정환경 속에서 형성된다고 할 수도 있겠다. 가족에게 충분한 사랑과 신뢰를 받고 자란 사람들은 자존감이 높은 편이다. 자존감이 높은 사람은 생활 속에서 스트레스를 받거나 남에 대해 의식을 덜하는 편이다.

　　자존감이 높은 사람은, 언제나 자신의 의견을 명확하게 전달하고, 어떤 일이든 잘해 낼 수 있을 것이라는 자신감을 내보인다. 스스로 소중한 사람이고 어떤 유명인이나 부자들보다도 가치 있는 사람이라는 자부심을 품는다.

나도 나를 사랑하고 아끼는 부모님과 가족들에게는 그보다 더 가치 있는 사람이 없다고 생각하고 살았다. 어떤 결정에도 자신감이 있고, 결정하고 판단하고 책임지는 것에 대한 두려움이 없다. 어렸을 때부터 내 판단이 늘 옳다고 지지해주는 부모님이 있었기 때문이다.

그렇게 성장하는 가장 큰 힘의 근원은 아버지였다. 아주 엄했지만 무한 신뢰를 보여줬다. 앞에서도 이야기했는데, 중학교 때 부당한 강제 노동을 시킨 학교에 맞서는 나를 아버지는 전적으로 믿고 지지했다.

스스로의 가치를 높이는 사람, 가장 가까운 가족들의 가치를 높여주는 사람, 그런 사람만이 타인에게도 존중받을 수 있다. 어머니와 패키지여행을 간 적이 있다. 4박 5일의 장가계 여행이었다. 30여 명 정도가 함께 갔다. 어머니는 전체 여행객 중 두 번째로 나이가 많았다. 여행 내내 어머니를 극진하게 챙기고 잘 모셨다.

그런데 시간이 지날수록 사람들은 어머니를 가장 어른으로 존중하며 챙겨주기 시작했다. 내가 어머니를 존중하는 모습이 그들에게도 영향을 미쳤다. 스스로를, 그리고 부모와 가족을 존중하면 다른 사람들로부터도 존중받는다. 물론, 다른 사람들에게 피해를 주지 않는 선에서 말이다.

자존감은 개인에게도 중요하지만, 조직에도 중요하다. 회사에서 신입사원 교육할 때 꼭 들어가는 내용이 있었다. '스스로 아주 가치 있는 사람이라고 생각해라. 생각하고 꼭 그 목표를 이루기 위해 노력하고 그 결과를 만들어내라'고 강의했다.

신입사원 한 명 한 명의 가치를 물었다. 자신이 BTS나 유명 사업가보다 더 가치 있는 사람인가? 굴지의 재벌 회장님과 우리 부모님이 자식을 바꿀까?

부모님에게 자녀는 모두 세상 그 무엇과도 바꿀 수 없는 가장 값진 존재이다. 그런 존재들이 속해 있는 이 조직은 얼마나 가치 있는가? 회사의 가치에 의미를 부여하고 자부심을 가져라. 내가 하는 일이 사회에 얼마나 의미가 있는지, 내가 속한 조직이 얼마나 가치가 있는지?

물론 대다수가 순간 듣고 잊어먹는 이야기였을 것이다. 하지만 반복해서 듣다 보면 자신의 가치에 대해서, 자신이 속한 조직에 대해서 생각하게 된다.

정치권에서 여러 번의 선거를 치렀다. 다행히 한 번의 선거를 빼고는 항상 이겼다. 어느 순간부터는 자신감이 생겼다.

"나는 선거에 승률 100%인 사람이다. 내가 뛰는 선거는 무조건 이긴다. 나는 항상 생각하는 대로 이루어낸 사람이다. 그러니 내가 속한 조직도 잘될 것이다"라고 이야기했다.

대체로 아직까지 내가 속한 조직과 해온 일들은 내 믿음처럼 잘 진행되고 좋은 결과를 얻어냈다. 세미가의 자존감, 그리고 믿음이 이끌어낸 결과일 수도 있다. 최선을 다하고 그러면 좋은 결과가 따를 것이라는 믿음, 그것이 중요하다.

소통하는 방법

내가 생각하는 소통의 네 가지 법칙은 다음과 같다.

첫 번째, 상대방 입장에서 생각해라. 그러면 소통이 쉬워진다. '상대방이 지금 궁금한 게 무엇인지?' 생각하고 말하는 것이 중요하다. 대부분 본인들 이야기만 하고 싶어 한다. 내가 말하고 싶은 이야기가 모두가 듣고 싶은 이야기는 아니다. 내 이야기를 하기 위해서, 먼저 상대방이 듣고 싶은 이야기로 호기심을 끄는 것이 중요하다.

두 번째, 두괄식으로 말하라. 먼저 명확하게 기존 일의 결과와 할 일을 설명하라. 그리고 앞으로 어떤 결정 과정이 필요한지, 아주 짧은 시간 내에 요점을 설명할 수 있어야 한다. 그 후, 질문에 짧고 간결하게 답을 할 수 있어야 한다.

한 권이 책을 한 장으로 정리하기, 한 장의 보고서를 한 문장으로 정리하기 등 연습이 필요하다. 물론 보고 내용에 대해서 완벽히 이해해야지만 가능한 일이다. 처음에 결과를 설명하고, 나중에 다시 한번 반복하는 수미쌍관의 방법도 효과적이다.

세 번째, 궁금하면 물어보라. 보좌진이 된 지 얼마 지나지 않고 공무원 업무 보고를 받았다. 생소한 단어가 나왔는데, 물어볼 수가 없었다. 그걸 물으면 무식해 보일 것 같았다. 하지만 그게 올바른 방식이 아닌 것은 곧 깨달았다. 이후부터는 보고받을 때, 모르는 단어나 내용이 나오면 명확하게 물어본다. "제가 몰라서 물어보는 건데요. 그 단어 뜻이 무엇입니까? 그 근거가 무엇입니까?" 사람이 모든 것을 알 수 없다. 모른 채 넘어가는 것보다 그 자리에서 명확하게 이해하고 넘어가는 것이 좋다.

업무 지시를 받을 때도, 명확하게 정리해서 한 번 더 물어본다. 지시한 내용이 A가 맞는지? B가 맞는지? 목표가 명확하지 않으면 업무를 진행할 수가 없다.

네 번째, 상대방의 눈을 보고 대화해라. 자신감이 없는 사람은 눈을 마주치지 않는다. 상대방의 눈을 보고 대화하고, 가끔 공감의 표현을 해주는 것이 좋다. 정확하게 상대방을 보고 대화하는 것이 신뢰감을 줄 수 있다. 신뢰감을 주지 못하는 행동은 오해와 불신을 줄 수 있다.

평생 교육이 필요한 시대

　　한국방송통신대학교는 국립 원격 대학이다. 원격 대학으로 인터넷과 모바일로 수업을 들을 수 있으며, 학비도 저렴하다는 장점이 있다.

　　방통대는 꼭 한 번쯤은 공부를 해봐야겠다고 마음을 먹었는데 시작이 쉽지 않았다. 회사에서 장학재단을 운영하고, 지역의 아동과 어르신을 위한 사회공헌 업무를 하면서 지역사회와 기업의 역할, 평생 교육에 대해서 배워야겠다고 생각했다. 기업에서의 업무는 처음이었고, 새로운 분야에 대해서 업무를 할 때는 관련 도서도 많이 읽고 공부도 해야 한다고 생각했다.

　　또한 교사의 길을 가지는 않았지만, 늘 교육에 대한 관심이 많았다. 1996년 전남대학교 자동차공학계열에 입학한 후, 22년 만에 다시 2018년 한국방송통신대학교 교육학과에 3학년으로 편입을 했다. 편입 후, 첫 학기, 3학년 과목을 전부 들으면서 엄청 힘들었다. 편입이었으니 1, 2학년 필수과목과 같이 들어야 했는데, 평생교육사 자격증을 딸 수 있는 필수과목 위주로 듣다 보니, 3학년 과목을 많이 듣게 되었고, 시험을 치르는 요령도 없어서 아주 힘들었다. '이렇게 힘들어서 입학하는 사람은 많지만, 졸업하는 사람이 많지 않다고 하는구나'라는 생각이 들었다. 한 학기를 하고 마치니, 조금 요령이 생겼다.

방통대 강의 신청을 하면서 많이 신경 썼던 것 중 하나는 수업을 들어야 하거나, 중간고사를 보는 과목과 과제로 대신하는 과목을 잘 선택하는 것이었다. 과제로 작성해서 내는 것은 아무래도 시간에 구애를 덜 받으니 회사 생활하면서 조금 더 자유로울 수 있었다.

방통대는 전국에 학생들이 있으니, 시험 시간이 같았다. 시험 보는 기간 첫 주 토요일 오전·오후는 1학년·2학년 과목이고, 둘째 주 오전·오후는 3학년·4학년 과목이었다. 7~8과목의 강의 신청을 할 때, 이러한 부분을 몰라서 첫 학기를 한나절에 7과목의 시험을 봐야 해서 정말 힘들었다. 그나마 2학기부터는 학년별 과목을 분산해서 수강 신청을 해서 조금 수월해졌다.

또 하나의 문제는 시험을 봐야 하는 날, 피치 못할 일정이 생기는 것이었다. 해외 출장을 간다거나 일이 있으면 시험을 볼 수 없게 된다. 그래서 한 학기는 몇 과목 시험을 보지 못했고, 한 학기는 졸업을 유예했다. 평생 교육실습을 받아야 하는데 받지 못해서였다. 그래도 교육학 전공 수업을 하면서 심리학에 대해서 지역사회의 평생교육시설과 교육학의 역사와 원리와 교육, 노인과 여성, 가족의 심리 상담까지 다양한 학문을 접할 수 있게 되었다. 아쉬운 점은 방통대를 다니면서 스터디 활동이나 학생회 활동을 한 번도 해보지 못한 것이다. 오로지 혼자서 공부하고 과제를 하고 시험을 치르며 마쳤다. 조금 더 활발한 활동을 했더라면 더 많은 사람과 공감하며 배울 수 있었을 것 같다.

많은 사람에게 방통대학교 공부를 권한다. 혼자서도 공부를 할 수 있고, 휴대전화로 모든 강의를 언제 어디서든 들을 수 있는 아주 좋은 시스템을 가진 대학이고, 국립대학의 학사로 졸업할 수 있으니, 만학도분들도 충분히 공부하고 대학원이나 다른 공부를 위한 도약의 발판이 될 수도 있다.

20대에 기계공학 석사를 했고, 40대에 교육학 학사를 하게 되었다. 그리고 사단법인 디지털 시대 공감에서 '디지털 훈민정음 교육'을 하고 있다. 한 후배가 "선배는 다 생각이 있군요. 기계공학부터 교육학까지 공부한 이유가 디지털 훈민정음 교육을 하려고 계획하신 거예요?"라고 물었다.

처음부터 계획한 것은 아니지만, 그래도 길을 가다가 보면 새로운 기회가 생기기도 한다. 후배의 말처럼, 디지털 훈민정음 교육을 할 때, 기계공학 석사, 교육학 학사라고 하면 모두가 고개를 끄덕인다. 오랜 시간이 걸려서 시작한 방송통신대학교, 다행히도 졸업할 수 있어서 다행이었다. 그리고 평생교육사 자격증을 따게 되었고, 원격평생교육시설도 운영하게 되었다.

전남대학교 1996년 기계공학과 학사, 2000년 기계공학과 석사, 한국방송통신대학교 교육학과 2018년 학사 김세미가이다.

에필로그 - 김세미가입니다

20대에는 실천하는 시민으로 행동하였고, 국회에서는 국가 전체 예산을 심의하고 입법과 정책을 제안했습니다. (일부는 실현되었습니다.) 민간 기업으로 자리를 옮겨서는 기업의 사회적 책임과 가치를 실천하였고, 디지털 격차 해소를 위한 훈민정음 교육과 세대 공감 캠페인을 진행하는 NGO를 설립하고 운영한 경험이 있습니다. 오랜 기간 다양한 분야에서 쌓은 경험과 다진 실력으로 국가의 비전을 제시하고, 대한민국의 모델이 되는 광주를 만드는 국회의원이 되려고 합니다. 늘 시민의 편에 설 것입니다.

1978년 완도군 신지도에서 태어나 중학교까지 다녔습니다. 광주 대성여고를 나와 전남대학교 기계공학과를 졸업하고, 같은 대학원에서 석사 학위를 받았습니다. 대학 시절, 서방시장 광주학당에서 야학, 동림동 애육원에서 학습 봉사 멘토 활동을 했습니다.

3부 세미가의 잡想

대학원을 다니던 2000년 노사모 초창기 멤버로 가입, '처음처럼'이라는 닉네임으로 활동하기 시작했습니다. 노무현 대통령의 '동서 화합', '원칙과 상식'이 통하는 '사람 사는 세상'이라는 철학이 좋았기 때문이었습니다. 노사모 초기, 신입회원 배가운동, 전국 지역 노사모 창립 현장에서 함께했고, 2001년 전국 노사모 제1회 창립총회에서 최고의 회원, 공로상을 받았습니다. 2002년 노무현 대통령 경선 당시, 편지쓰기 캠페인 활동을 하며, 광주 경선 승리의 현장에 함께하였습니다.

대선 이후, 평범한 시민으로 돌아갔습니다. 그러나 노무현 대통령의 낮은 지지율과 국회 협조가 쉽지 않은 상태에서 대통령은 곤경에 처했습니다. 노 대통령을 지지했던 사람으로 열린우리당을 총선에서 다수당이 되게 하는 것이 마지막 의리라고 생각했습니다. 강원도 태백·영월·평창·정선에 출마한 노 대통령의 오른팔 이광재 후보를 경선부터 함께했습니다. 총선 후인 2004년 5월부터 국회에서 정책 비서관으로 활동하기 시작했습니다. 이어 박우순, 박남춘 의원실에서 일하며, 다양한 상임위의 정책 질의를 준비하며 국가 전반에 대해 파악했습니다. 이때 정책보고서를 전문기관에 맡기지 않고 직접 작성하는 문화를 만들었습니다. 국가 예산, 에너지, 교육, 보육, 관광, 체육, 감사원 중립성, 법원 판결 보장, 북한 에너지 개발, 지방 재정 건전화 등 다양한 정책보고서를 만들어 정부에 제안했고, 일부는 현실화하였습니다. 국회에서 일하며, 정책·홍보, 지역 균형 발전, 남북 교류, 중국 공청단과 문화, 정치 교류, 교육과 복지 등 다양한 업무를 하며 경험과 실력을 쌓았습니다.

국가균형발전위원회 소통위원으로 수도권과 지역의 균형발전, 혁신 도시 성공을 위한 정책을 고민했으며, (사)국제교류연맹 집행위원과 감사로 중국과 청소년 국제 게임대회 개최, 정치, 경제, 문화 교류 활동을 지원하고 있으며, (사)희망더하기공간나눔 이사로 지역아동센터와 한글을 어려워하는 어르신들을 위한 문해교육을 지원하고 있습니다.

삼양식품(주)에서 기념사업과 사회공헌, 조직문화 사업을 총괄하는 임원(이사)으로 활동하면서, 기업이 사회적 가치 실현에 앞장섰습니다. 법무부와 함께 범죄 피해자 지원, 홀로 사시는 어르신 지원, 다문화 가족, 북한이탈 주민, 장학사업 진행했습니다. 캐릭터 사업 등을 통해 관광과 캐릭터 제품과 웹툰 제작, 도서 출판, 전시 등 사업 기획을 총괄하여 큰 성과도 거두었습니다.

광주광역시야구소프트볼협회 부회장으로 야구 인재 양성에 관심을 가지고 있습니다. 노무현재단 광주지역위원회 운영위원이며, 광주환경운동연합, 광주시 북구새마을회, 광주 4·19 문화원 회원으로 활동하고 있습니다.

현재 사단법인 디지털 시대 공감 이사장으로, 디지털에 어려움을 겪는 어르신들에게 디지털 훈민정음 교육으로 디지털 소외계층을 지원하고 있습니다. 《할머니와 디지털 훈민정음》 책을 출간, 디지털 세대의 공감 캠페인을 진행하고 있습니다. 우리 사회에 훈민정음 정신, 가장 기본이 되는 기초 교육이 필요하다는 것을 알리고, 기초부터 배우고 함께할 수 있는 공감의 사회를 만들고 싶습니다.

경청하고, 공감하고, 소통하며, 행동하는 사람이 되겠습니다. '처음처럼, 시작처럼' 초심을 지니고 원칙과 상식이 통하는 세상을 만들어 가겠습니다. 광주의 지역발전 모델이 대한민국의 모델이 되도록 할 것입니다. 광주가 세계로 미래로 가는 광주를 위한 아름다운 동행을 하겠습니다.

세미가의 빛나는 동행

초판 1쇄 발행 | 2023년 11월 17일

지은이 | 김세미가
펴낸이 | 소재두
편   집 | 강동준
펴낸곳 | 논형

출판등록 | 2003년 3월 5일
주   소 | 경기도 부천시 성주로 66, 2-806
전자우편 | jdso6313@naver.com
전화번호 | 02-887-3561
팩   스 | 02-887-6900
I S B N | 978-89-6357-985-6 (03800)
정   가 | 18,000원